- 序 -

呢本書其實係一個奇蹟，因為…我經歷咗十年都仲未死，居然仲未爆血管死…仲可以生勾勾講畀大家知我經歷咗啲也～

講返，我可能係全世界最不幸嘅老豬，或者磁場好有問題，不論我轉去邊區邊間診所做，都好似特別易惹上麻煩事。Why always me？你未曾遇過？唔好同我講！唔好話我知！我會好葡萄你嘅人生夠平安安穩……

你覺得我 EQ 好脾氣好？錯啦，我搵啖苦飯食吓啫，喺得工作崗位上，我冇得揀…打份工嘅，你要食飯定一刻型棍？邊個理你有幾型呀？你型到好似謝檸檬咁扑爆個結他，都只係獲得嗰一吓嘅尖叫聲咋！我都忍咗三年又三年又三年！相信往後三十年都係…

不過我都係一個正常人，我都有情緒，我都需要發洩。

點發洩？身為毒女嘅我，平時唔聲唔聲，當然係選擇做「網上兇狠，現實碌L」嘅角色～拎起部電話逐粒逐粒字打出嚟揭示「病人」有幾 Nice 有幾趣有幾騎呢有幾臭～想勸喻人類不要重複犯錯⋯⋯估唔到你哋居然話好笑⋯喂？喂？喂？其實我喊緊㗎！我本身係尋求緊人安慰，點知你哋當咗笑話睇，你哋咁樣即係睇人（我）仆街，將你哋嘅快樂建築喺我仆街之上⋯

Well～你哋笑吓笑吓，我嘴角都不其然咁向上揚了，噢賣吉！原來笑真係可以傳染㗎！媽，我被你哋嘅笑容治療了！

我係一個前線工作人員，站在診所最前線的，行先死先，死咗又俾人鞭醒又再死過的診所助護－珍寶豬。

你準備好治療我未？請先抱一個！

珍寶豬

CONTENTS

case #1-31

診所低能奇觀
FUNNY ✚ CLINIC

case ## #32-63

CONTENTS

診所低能奇觀
FUNNY ✚ CLINIC

case **#95-100**

#1-31
診所低能奇觀
FUNNY + CLINIC

case	symptom	玩撚完未
#1	remark	

今早收到個電話…對方係一個廣東話唔咸唔淡嘅女人～

女：今日最遲收幾點呀？

我：6 點 45 分前到就有得睇～

女：拱 8 點有冇得睇？

我：冇呀，最遲 6 點 45 分呀。

女：典解 8 點唔得？

我：醫生 6 點 45 分左右就走㗎喇！

女：嗱佢遲啲走得唔得呀？喎要 8 點先到呀！

我：唔得呀，醫生仲要去醫院…

女：可唔可以遲啲先去？8 點得唔得呀？

唔撚得呀！唔撚得呀！唔撚得呀！你老味玩嘢呀？

我：小姐，總之 6 點 45 分前到就有得睇，6 點 45 分後就鎖門。

女：典解要拱早就冇得睇？

我：其實你聽唔聽得明？

女：喎明呀！係唔明典解梨地咁早收工？！喎都話咗要 8 點先到…

不如一刀劈死我啦！👍 3,506

---
comments

Cat Fung
你問返佢咁典解你唔可以六點九嚟?典解呀,
我唔明典解你有需要睇醫生都唔可以早啲嘅!

Terry Lai
應該劈佢而唔係劈自己!

Chi U Leong
佢其實係咪講緊朝早……

case	symptom	兒兒轉轉又係尿
#2	remark	

兩個妹妹仔嚟到，A 妹妹問我：入學檢查幾錢？

我：使唔使驗啲乜？例如照肺？

佢：好似要抽血，小便同照肺。

我：你畀張 Form 我睇吓好嗎？

佢：我好似唔記得帶…

我：咁你拎咗嚟畀我睇清楚你要驗嘅乜，先講到個確實價錢畀你知，因為樣樣化驗費都唔同。

佢：哦…

之後佢兩個行咗出去，扭咗幾吓籮柚就 U－turn 返嚟診所。

B 妹妹問：抽血幾錢？

我：驗啲乜？

佢：血！驗血！

我：嗯……我都要知你驗血驗啲乜，好似血型呀，血糖嗰啲咁…

佢：乙型肝炎幾錢？

A 妹妹插嘴問：貧血幾錢？

我答：乙肝 $380，貧血 $150。

A 妹妹問：咁係驗啲乜？

我搵爆個頭：驗血囉。

A 再問：咁點驗？

我搵到甩頭髮：用針筒抽你啲血，拎啲血去化驗。

A：使唔使留小便？

我嘔到一地都係血：唔使⋯

A 再問：$150 係咪有地中海貧血？

我：冇㗎，地中海係第二樣嘢嚟，要另外收費再驗。

A：咁點驗？

我：抽血驗。

A：唔使留小便驗？

我：唔使⋯

B：驗血型呢？要唔要用小便驗？

⋯你哋係咪好想屙尿啫？

我：唔使⋯如果你想驗得更詳細，醫生係會有需要知道你嘅病歷，要同醫生傾吓㗎。

佢：咁醫生而家喺唔喺度？

我：喺度呀，我幫你登記先呀⋯

佢：見醫生使唔使畀錢？

我：要㗎，你都要醫生轉介你去化驗所抽血嘛，都要畀診金。

A 同 B 你眼望我眼，就同我講：咁都要收錢？

我：見咗醫生就要收錢…

B：咁係咪而家留小便畀醫生驗？

小咩便呀！究竟邊度出咗事，邊度出咗錯！點解講極都係小便呀！點解呀？！♡ 2,049

放手，放開所有

有日有個媽媽同個仔嚟睇醫生，媽媽幫阿仔登記⋯個仔全程都係坐喺度篤電話同對住電話講嘢，應該係用語音同朋友傾計。

入到房睇醫生，醫生問：有邊度唔舒服呀？

個男仔冇出聲，媽媽就講：佢應該係喉嚨痛！

醫生：幾時開始痛呀？

媽：我唔知呀，應該好耐啦⋯

醫生：「呀」一聲擘大口，等我睇吓。

男仔「呀」一聲。

醫生：好腫好紅喎，要食抗生素呀，我開埋畀你。

媽：要食抗生素咁嚴重呀？

醫生：食四日啫，記得要完成個療程呀！

媽：係藥丸定藥水呀？

醫生：咁大個食藥丸啦！

媽：佢吞唔到㗎，全部要藥水呀！

醫生：吞唔到？抗生素冇藥水喎！

媽：小朋友嗰啲冇冇呀？

醫生：小朋友同成人份量唔同，粒抗生素都唔係好大粒⋯

醫生叫我去拎粒抗生素畀佢。

醫生：你睇吓，可以搣開食㗎，唔會好難吞…

媽：佢吞唔到㗎，你開藥水畀佢吖…

醫生：我哋冇成人抗生素藥水。

媽：你開支小朋友畀佢食就得啦…

個男仔出聲了：冇我嘅事啦嘛？我出去等你！

佢真係自己一個行返出去坐，繼續玩電話。

留喺醫生房嘅媽媽就繼續同醫生講：我個仔食唔到藥丸㗎！

醫生：佢都咁大個，仲食唔到？

媽：佢唔識吞㗎！平時我喺屋企都要同佢剪好晒啲餸先畀佢食㗎！

醫生：出街食飯呢？

媽：佢同朋友出街食我唔知呀，同我食就一定剪晒畀佢…

醫生：你有冇試過叫佢食藥丸？

媽：有呀！細個佢試過㗎！嘔返出嚟！

醫生：幾歲嘅事？

媽：九歲十歲左右啦！

醫生：佢而家都廿幾歲啦，畀佢試吓自己吞啦！

媽：真係冇藥水呀？寫紙畀我去藥房買都得㗎！

醫生：冇！得㗎啦，你出去等拎藥呀！

媽媽行返出去，同仔講：仔呀，醫生話冇藥水呀，得藥丸咋，你吞唔吞到呀？一係我哋去第二間問？

男一直望住電話：得啦得啦！

媽：你會唔會嘔㗎？

男：得啦！

到我出藥，除咗咳水，其他都係丸⋯醫生係專登的，講到明要盡量照出，唔好有太大讓步。

媽媽一望到就話：嘩！醫生又話得抗生素冇藥水嘅？乜全部都係藥丸嘅？

我：係呀，大個仔啦嘛，試吓先呀，唔得嘅話你再話畀我哋知呀好冇？

媽：到時要換咪又要行多轉又要等⋯

我：有乜問題就打返嚟啊⋯

媽：唉，好啦！

嗰日我哋冇收過呢位媽媽嘅電話～好嘢！阿仔應該食到啦嘛？

♡ 1,989

FUNNY + CLINIC

case	symptom	拍掌助排便
#4	remark	

有次有個女人嚟到診所，登記時都好順利，一切都好正常。入到醫生房，嗰時我要跟症嘅，所以就企咗喺側邊…

女：醫生，我覺得屎眼有嚿屎攃住咗…

醫生：你排唔到便嗎？

女：唔係呀，醫生，係有嚿屎攃住咗，我有屎屙㗎。

醫生：你覺得有嘢哽住唔舒服？

女：係呀！係嚿屎嚟㗎！

醫生：咁一係同你檢查吓先…

女人立即除褲，彎身隊個屎忽埋醫生度…

女：你睇吓係咪有嚿屎？

醫生：你…你…你…瞓喺床上趴低先，我同你檢查呀…

佢好快趴咗上床，醫生就喺度帶手套…我望住個女人…佢趴喺床度，舉高屎忽…自己用手喺度探索屎眼…

女：醫生，嗱，呢度呀，好大嚿屎呀！

醫生望住佢將隻手指自己塞落屎眼，仲要喺度打圈探索…之後我同醫生對望，我好記得醫生對眼係合埋咗好耐咁眨一眨眼，感覺就好

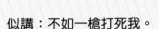

似講：不如一槍打死我。

正當醫生伸手去檢查，個女突然彈起，褲都冇著好就落床。

女一路拍手掌一路講：而家又好似好啲嘅啦喎，李暉話拍手掌係氣功可以幫助排便，我屙屎嗰陣都會拍掌，行街又會拍，拍咗真係好好多，姑娘你試吓呀！

我：我…冇便秘問題，多謝…

醫生：而家…咁……你仲要唔要檢查？

女：等多陣先呀，我唔趕時間…

你唔趕…我哋趕呢……… 🤍 2,311

case	symptom	
#5	呃人診所	
	remark	

有個四十幾歲女病人睇完醫生，我出藥畀佢時，講明邊隻藥點食。

佢指住一包喉糖同我講：我唔要呢隻。

咁我就將包喉糖放埋咗一邊。之後佢再指住一包止痛藥講：頭先我唔要喉糖，你換返十二粒呢隻止痛畀我呀。

我：小姐唔好意思，冇得咁樣換㗎，你唔要喉糖冇得換止痛㗎。

佢：咁換其他同款得唔得？

我：係冇得換藥啊，你唔要就唔要㗎喇⋯

佢：咁我咪蝕咗十二粒藥？

我：你要返喉糖，我可以畀返你㗎！

佢：我都唔食喉糖，你換其他止痛藥畀我啦！

我：冇得換㗎⋯醫生開咗畀你，係咁多就咁多⋯

佢：咁我蝕咗喎！你頭先畀八包藥我，我唔要其中一包，得返七包藥，咪蝕咗一包囉！

邊有得咁計㗎⋯⋯

佢：同款唔得呀嘛？你是但畀包止屙止肚痛止暈止嘔嘔啲我啦，總之就畀返夠八包藥我啦！

我：我幫你問吓醫生⋯

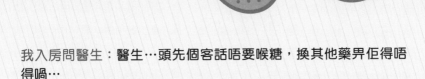

我入房問醫生：醫生…頭先個客話唔要喉糖，換其他藥畀佢得唔得喎…

醫生：唔得，跟病開藥㗎嘛，要就要，唔要就唔好要。

我又死返出去受死：小姐，醫生話跟你病開藥，唔會開其他藥畀你。

佢：咁你哋咪賺咗我一包藥囉？邊可以咁㗎！頭先畀八包我㗎嘛！而家畀得七包咁少！開包止肚痛唔得咩！我用嚟看門口囉！又冇話要而家食！你哋咩診所嚟㗎！一包藥都要呃我，一包藥都要賺到盡！我去睇街症都唔使咁貴啦，仲乜藥都有齊啦！做生意唔好賺到咁盡，你咁樣我唔會再幫襯㗎啦！

醫生喺房聽到晒佢講咩，就行出嚟同個女人講：而家唔收你錢，你放低晒啲藥，請你去睇第二間睇！

個女人呆咗陣，之後一路講一路行出門口：呢間咩診所嚟㗎，不知所謂，想呃我？我冇咁易上當呀！

呃咗你啲乜？ 🤍 2,648

case	symptom	
#6	remark	狗屎姑娘

有日有位太太睇完醫生，出藥時同我講：頭先醫生話畀多三支咳水我㗎，點解得一支嘅？

我：麻煩小姐等等啊。

我入醫生房問：頭先你話畀多三支咳水佢咩？

醫生：冇講過。

我行返出去同太太講：小姐，醫生話開一支畀你咋喎⋯

佢：咩呀，頭先佢明明應承咗我，仲話唔使加錢。

我：醫生話冇講過啊⋯

佢：姑娘真係有㗎，你畀多三支我啦！

我：你要咁多支做咩啊？一支都夠你食四日喇喎⋯

佢：我要嚟畀人飲㗎！

我：吓？畀人飲？畀咩人飲啊？

佢：喔⋯街坊囉！見佢哋唔舒服就畀支佢哋飲，BB唔舒服都有飲㗎！

我：BB？你呢支成人份量嚟㗎，唔可以畀BB飲㗎！仲有你食嘅藥唔可以隨便畀其他人食，呢啲都係要醫生處方⋯

佢：我都幾十歲人，識㗎啦識㗎啦，使咩你教我，畀多三支我啦！

我：唔會㗎…㗎你咪即係鼓勵你…

佢：你真係多狗屎，藥水又唔係你嘅錢，㗎多幾支我，你都冇蝕底啦！

我：一支夠你自己食就得啦，你要拎多幾支就再嚟見醫生！

佢：你咁多狗屎㗎，一支唔夠分呀！

我：冇人叫你分，一支係要你自己食！

佢：我同咗乜乜婆講咗一陣有咳水畀佢㗎嘛，而家我冇點畀佢呀？

我：叫佢自己嚟睇醫生囉！

佢：嘩，你噛狗屎咁黑心㗎，為咗賺錢就要人嚟睇醫生？真係狗屎咯陰公！

之後佢好大聲講，大聲到連醫生喺房都聽到：呢個姑娘好狗屎呀，要多少少嘢都阿支阿左，唔好做姑娘咯，做狗屎啦！

我都冇你咁好氣，你鍾意講乜就講乜啦，又唔會講講吓我真係變咗篤狗屎！挑！♡ 1,936

case #7	symptom	唔想生請你唔好生
	remark	

下午 5 點幾，年輕媽媽推住 BB 車到診所睇醫生。一坐低已經係咁篤電話，BB 喊都只係口噏噏食泥咁講：唔好喊⋯

眼仍然離開唔到部電話⋯

到入去見醫生，眼望電話低頭入房⋯BB 車就咁放喺度，坐喺出面啲客就撩 BB 玩分散吓佢注意力。

到媽媽睇完醫生拎埋藥畀晒錢，又坐喺度玩電話，過咗一陣（大約 6 點幾），我見到媽媽人唔見咗⋯⋯但居然成架 BB 車就咁擺咗喺度冇推走！

立即拎返排版搣佢電話出嚟，打去居然係一個冇人用嘅 Number！死火啦！唔係棄嬰嘛？醫生嗌我冷靜啲，可能 B 媽出咗去一陣啫⋯

7 點，終於收到 B 媽電話：我係咪漏咗架車喺度？

我：係呀！

B 媽：個籃度係咪有盒蟹腳？

我：係呀！

B 媽：你塞入雪櫃未？

塞入我個肚就得！

我：我哋診所雪櫃係放針藥，唔雪蟹腳！

B媽：叫你做少少嘢都做唔到？我係你哋嘅客，唔係要應承我做到咩？

我：太太，你架BB車上面唔係得蟹腳，仲有你個BB，你幾時返嚟呢？我哋就鎖門…

B媽：我而家喺炮台山，冇咁快返到！你雪住盒蟹腳先啦！

我妖你！你恨食蟹腳恨到痴咗線咩！

我：太太，我哋仲有半個鐘就收工，麻煩你盡快接返BB走，如果唔係我哋就要報警。

B媽：你應承我雪咗盒蟹腳先啦！

我：……………………

B媽：你打去XXXX-XXXX搵個仆街，嗌佢接返佢自己個仔啦，個仔我唔要㗎啦，盒蟹腳我聽朝拎呀！

你哋嘅家事關我春事，點解又係我呀？

我好無奈打去嗰個電話：喂？先生，唔好意思，頭先你太太睇醫生漏低咗BB喺度，佢叫我打畀你，麻煩你接返BB走…

佢：我太太？喺我隔籬喎…

我：吓？XXX小姐喺你隔籬？

佢：………………你…等等呀…

佢：喂？你頭先講邊個？

我：XXX 小姐…佢叫我打電話嗌你接返個仔…

佢：屌…又玩嘢…

我：先生，我就快收工㗎啦，麻煩你哋快啲接返 BB 走。

佢：我同緊我老婆一齊，點接呀！我接唔到呀，你搵返個女人啦！應承我！唔好再打嚟！

Cut 埋我線㖭………我要講粗口呀！應乜春嘢承呀！我唔係神父呀！告解完就算呀？

我照返頭先來電顯示嘅電話打去畀太太：太太，你先生佢都唔方便接。

B媽：個仔係佢嘅！唔關我事！

Cut 線！又 Cut 我線！

打完電話，我都夠鐘收工有突…我望住 BB 眼仔碌碌，手腳掆掆望住我，我真係喊出嚟！BB 你有個咁嘅家…真係好不幸，大個一定要做個好人！

醫生太太接醫生收工見到咁嘅情況，嗌我走先，話佢哋兩公婆會處理…咁我就抄低電話交畀佢哋～

第二日，我問醫生個 BB 點…醫生話去咗警署睇咗場鬧劇…TBB 都冇得揮…為人父母好心唔好咁仆街啦！小朋友係無辜㗎！

至於蟹腳呢…我同醫生第二日當下午茶食咗嚕！ 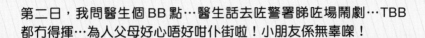 5,220

————— comments —————

Chan KaWai
對喺警署場鬧劇好有興趣～

Dennis Wong
有啲人真係唔應該有生育能力。

Sarah SY Yim
個重點係…我發現無論去到邊，當全世界都癲 Q 晒、個天已經塌咗大半邊都好……唯獨醫生會係背後一副「超！碎料！」嘅樣食住花生等睇戲 XDDD 最後一定出嚟扮型收尾，淡淡然咁做「英雄」…呀姑娘只好暗暗垂淚……不過好彩！仲有蟹腳！

Ah Fai
你應該同 BB 講：「大個一定唔好做護士。」

Irene Lam
珍寶豬你啲表述實在太正啦……
你的 OS 真係好好笑！

case	symptom	
#8	空姐	
	remark	

以前做過一間診所係要當日先預約，每 15 分鐘 Book 一個症的，Walk－in 就要等醫生睇晒啲預約症先會開始睇…

有一日已經有十幾個預約症坐咗喺度等，有位 Walk－in 客入嚟，著住某航空公司制服…

女：我趕住飛呀，唔該你而家俾我睇。

我：小姐，唔好意思呀，而家呢個時段已經 Full booking 喇…

我都未講完，佢就插嘴：我而家要飛呀，你 Full 咗又點，你做得呢個位，你就要安排到妥妥當當啦！

我：最快都要兩個鐘後先有位呀。

佢：兩個鐘？我飛咗啦！我而家都好趕時間㗎，我冇時間同你喺度拗呀，入面有冇人睇緊？

我：有人喺入面㗎，一係你問吓坐喺度嘅人肯唔肯讓你睇先啦…

佢：點解要我問？你做得呢個位梗係你安排啦，你唔係義工嚟㗎嘛？

咁我問過晒出面坐喺度嘅客，個個都耍手擰頭。

呢位空姐見到咁就用一副極衰嘅面口（即係西口西面）對佢哋講：你哋真係好自私，成班機而家就係等我一個而 Delay 幾個鐘啦！

吹水咋，吹到大啲呀笨！揸飛機都有人頂啦，遲到俾人屌就有你份…

我：小姐，咁你仲睇唔睇？

佢冇出聲，企咗喺度……一見到房入面個客出嚟，佢就拖埋個唸一支箭咁衝入房…我都立即跟埋入去…唉…真係好打橫嚟…

醫生問：姑娘，呢位登記咗未？
我：未呀，頭先我已經解釋咗冇 Book 嘅要等…
空姐出聲：我趕住飛呀醫生！
醫生：麻煩小姐跟姑娘出去登記。
佢：我真係趕住飛呀醫生！

醫生：小姐個個都預約咗，你冇預約我而家唔會睇你，你出去登記先。
佢：我真係趕住飛呀醫生，你睇吓我好快啫！
醫生：如果個個都係咁，預約有咩用？跟姑娘出去登記。

嘩！我老闆係咪好有型？我睇住個空姐塊面由得戚到西去到黑再去到無助…其實好心涼…！最後個空姐死死地氣喺度等咗兩個鐘，最後…………佢唔係趕住飛，係拎病假紙…… ♡ 3,927

case	symptom	事後避孕丸
#9	remark	

一個男人打電話到診所～

我：早晨，XX 診所，有乜幫到你？

男：你哋有冇得提供？

我：唔好意思，請問提供乜嘢？我聽唔到呀。

男：提供呀！

我：提供啲乜呀？

男：事後丸呀！

我：哦～有呀，個女仔親自嚟見醫生就得啦。

男：係我要喎。

我：先生，唔好意思，你唔可以代配藥㗎，要個女嘅親自見醫生先有藥。

男：唔係我食咩？

乜呀，你有卵咩？

我：吓？唔係你食嘅，係女仔食嘅…

男：射精嗰個係我喎！

我：先生，事後丸唔係男人食㗎。

男：我唔明點解唔係我食！

我都唔明點解你咁想食～

男：射精嘅係我，點解唔係我食？

我：先生，如果你想知，可以親自嚟見醫生或者自己 Google！

男：係我射喎！

妖！我 Cut 9 咗佢線啦！痴線嘅！👍 4,557

case	symptom	流感針
#10	remark	

有日有對夫婦帶住個手抱 BB 嚟到診所～

女：打針要唔要畀錢？

我：打乜針呢？

女：出面貼咗海報嗰個呢⋯

我診所出面乜都有貼呀⋯又甲肝又乙肝又子宮頸⋯

我：係咪想打流感針啊？

女：我唔知叫乜名呀，出面嗰隻呢⋯

我：出面好多隻針⋯你都要講清楚你想打邊隻⋯

女手指指：嗰隻呀嗰隻呀！

我頂唔順，就行去診所門口逐張問係咪呢隻係咪嗰隻⋯原來佢係想打流感針！

我：麻煩小姐身分證明文件呀，我同你登記。

女：係咪免費？

我：唔係呀，$180 嘅。

女：你出面明明寫住！

我：冇呀！嗰啲係資助計劃，都要畀錢⋯而且要有香港居民身分，六個月至未滿六歲嘅小朋友⋯

女：咁我冇得免費？

我：冇呀。

女指一指佢老公：咁佢呢？

我：冇呀…

女：BB 呢？

我：佢幾大？

女：四個月。

我：唔得呀…要六個月大先有。

女：你報大兩個月啦！

我：冇得咁做…

女：咁又唔得，我哋又冇得免費打，你哋係唔係畀人打㗎？

我：政府資助係合資格人士先可以用…

女：我唔理你哋香港政府係點呀，你講得免費就免費啦！你咁即係欺負我哋！

男：係咯！我哋深圳嚟唔近㗎！嚟香港有消費㗎！消費都有車飛送啦！

女：我哋睇一次醫生送三個人打針咯，合理吧！

合理？合乜春呀？商場送車飛關我乜事？隔籬食雞煲送鮑魚唔通又入我數呀？香港人享用嘅福利關你叉事咩！過主啦！ ♡ 3,412

case	symptom	貪食蛇
#11	remark	

一個廿幾歲男仔同媽媽到診所⋯

個男仔一路等一路喺度咦咦呀呀，好痛好痛⋯低沉地呻吟⋯媽媽看在眼內應該真係好心痛，但係醫生又未返到，我都唯有叫佢哋坐低等醫生⋯

仔：媽⋯呀⋯好痛呀！

媽：你冇事吖嘛？係咪好辛苦呀？

仔：媽⋯我捱唔到呀⋯好痛呀！

媽：你撐住呀，醫生就返！

我見佢哋咁辛苦，開口問佢哋兩母子：你邊度痛呀？有咩事？

媽：阿婆話佢生蛇呀，就快圍咗個圈啦！

我：圍咗個圈？

媽：阿婆話佢聽人講條蛇圍咗一個圈就會死，佢就快啦，你可唔可以打電話叫醫生快啲返？急症呀！醫者父母心，可唔可以體諒我個仔就死，快啲返？

使唔使咁誇呀？又信埋邊個三嬸個八婆個七叔公講埋啲無鬼聊聊嘢呀？

我：你可以放心，生蛇嘅話，你個仔係唔會死，一陣醫生畀啲特效藥佢食就好快冇事㗎啦。

媽：唔係呀！我聽人講生蛇會失明㗎，話條蛇會食咗對眼…

又邊度死條蛇出嚟食咗佢對眼呀……

我：你個仔對眼唔會突然消失，只係有啲人可能生蛇生喺面度，位置近眼…先有可能影響到隻眼…佢生喺邊度？

媽：大脾呀！係咪會失明呀？

大脾同眼之間仲相差好大個距離喎…

我：唔會㗎…

媽：你保證到我仔對眼唔會有事？

我：都唔係生喺面…有排都未上到眼…

媽：我個仔真係就死啦，你可唔可以唔好再同我講嘢，去打電話畀醫生嗌佢早啲返啦！

我：好………

咪，我唔講嘢啦！ ♡ 1,998

case	symptom	尿道炎
#12	remark	

有日一位女士嚟睇醫生，係尿道炎加有念珠菌…醫生處方咗陰道塞藥畀佢…

出藥時，我講：臨瞓前，拆包裝，將塞藥塞落陰道…

佢：係咪好快會唔痛？

我：塞咗好快好㗎啦…

過咗三日後，佢到診所問我：姑娘，我仲好痛呀！你又話好快好嘅…

佢拎啲藥畀我睇，我望吓，咦？明明開咗六粒塞藥，點解三日後仲剩五粒嘅？

我：小姐，你用得一粒嘅？你淨係用咗一晚？

佢：唔係呀，我用咗幾日啦！

我：咁應該唔會剩返咁多㗎喎，一次用一粒喎…

佢：一次邊用到一粒咁多？

我：吓？原粒塞入陰道喎？

佢：你嗰日都冇講點用…

我：咁你點用…

佢：咁大粒冇可能塞到入尿道口，我剪咗三份一樁碎敷喺嗰度…

我：係塞陰道…

佢：我尿道炎喎，唔係塞尿道咩？

救命…真係好有創意！

真係好想拍手掌講句：真係好精彩！♡ 2,468

咁大粒!! 點塞入尿道? 等我椿碎佢先!!

case	symptom	發明驗孕棒
#13	remark	

有日有個後生女拎住一個袋仔到診所,嚟到登記處細細聲同我講: 姑娘,有啲嘢想拜託你。

我:係~乜事呢?

佢畀個膠袋我:你同我睇吓吖!

我望見入面有十幾支驗孕棒…係呀,十幾支呀,你冇睇錯,我都冇講錯…

佢:你睇吓我係咪有咗呀,我唔識睇呀…

我望一望,全部都係兩條線,即係有咗…

我:小姐,係呀,就咁睇係有咗呀,如果你想見醫生我同你登記先呀。

佢:你講多次?

我:小姐…啲棒係兩條線,即係有咗呀!

佢:你講多次?

我:……有咗呀……

佢:你點睇到有?

我:睇你啲棒……

佢:咁就知我有咗?

我：驗孕棒係咁用⋯⋯

佢：你講解吓驗孕棒點解 Check 到我有咗？

我：你用小便咪 Check 到⋯

佢：唔係呀！我要知個原理⋯

唔係嘛？我坐喺度登記咋喎！我要講解埋呢啲嘢？邊個發明㗎？可唔可以出嚟講吓？我 Google 唔切呀！

我：小姐⋯我講解唔到⋯

佢：呢啲成日接觸嘅嘢都唔識？你點做姑娘？

我：我⋯⋯⋯⋯⋯⋯

佢：你冇求知欲㗎？

我：我⋯⋯⋯⋯

佢：你食啲嘢都要知佢點得㗎啦！

我：我⋯⋯⋯⋯⋯有得食就算，冇考究過⋯

佢：你咁做人好唔掂囉！人係要有求知欲！唔係乜都求其！你知唔知人係點嚟呀？係上帝！係上帝創造世界⋯創造我！我哋要問上帝點解我存在⋯同樣而家我可能係有咗，係上帝賜予我⋯（下刪一千字⋯⋯⋯⋯）

我今日真係學到好多嘢！施主，回頭是岸呀！放過我啦！♡ 4,004

case #14

symptom 退錢

remark

一個姨姨嚟到診所，一手掉咗幾包嘢上登記處度…佢好嬲咁講：你呀！你睇吓你畀啲咩我！

我好疑惑睇吓嗰幾包嘢…乜事？藥材嚟㗎喎！

我：小姐，呢啲中藥嚟㗎喎，唔係我哋㗎…

佢：我啱啱先喺你度走，用咗成千銀！你話唔係你？唔認數呀？

我：吓…但係我哋西醫嚟㗎，冇中藥賣…

佢：即係唔認數啦！

我：都唔係我哋診所嘅…你係咪搞錯咗呀？

佢：我啱啱先走，冇搞錯！你退返錢畀我！我拎去藥材舖睇人哋話唔使成千銀！照執都係四百咋！你食水好深啫！

我拎診所卡片畀佢睇：我哋冇中藥賣㗎…我哋真係西醫診所…邊有中藥賣畀你…

佢：你唔認數呀嘛！報警囉 Call 記者囉！搞大佢囉！

我：小姐，你冷靜啲先…你望清楚呀，我哋真係西醫診所…

坐喺度嘅客開始加入，話畀姨姨知，呢度真係西醫診所…但係姨姨只選擇聽自己想聽，做自己想做的事…根本完全無視我哋…佢仲好嬲咁擋住後面啲想登記嘅客人…

佢講：總之你唔退錢我唔走！

呢個時候，佢電話響起…

佢好嬲好大聲：喂？你喺邊呀！我到咗啦！……吓？你喺度？我見你唔到嘅？……吓……？

佢望住我並問我：呢度幾樓？

我：11 樓…

佢再去講電話，聲音明顯細咗好多：我喺 11 樓……咁我而家上嚟啦！

眼科同耳鼻喉科不如順便 Book 埋，我哋呢度咩都有㗎！💙 1,984

case	symptom	
#15		射爆你
	remark	

有日正值節日要開工，診所冇乜人，我悶到發吽哣⋯電話響起。

我：喂？早晨，XX 診所。

聽聲係一個後生仔：喂？姑娘？

我：係，有乜幫到你？

佢：我而家好辛苦。

我：自己落嚟見醫生。

佢：我瞓咗喺度。

我：郁唔到就 Call 白車。

佢：我得隻手郁⋯

我：你識打電話 Call 白車嗎？

佢：我隻手係咁 Chok⋯

我：有抽筋痙攣前科？你畀你地址我，我 Call 白車。

佢突然呼吸好急速：姑娘，姑～娘～呀～姑娘呀！！

我：先生，冇嘢呀嘛？你慢慢唞氣先！

佢：姑娘呀～～～呀呀～Chok 呀～～～～～好 Chok 呀～快啲呀～

聽到呢度，我先知我又中招了⋯我遞個電話畀同樣發緊吽哣嘅醫生聽⋯

醫生聽咗陣，好大聲講：玩乜呀！

之後醫生畀返個電話我，同我講：佢最後一句係「仆街，變咗佬！」

做咁多間診所，間間都例牌收到性騷擾電話，我再三強調！強調！！強調！！！你哋唔好咁多幻想！

你阿媽知道你 J 個阿嬸嘅話，一定好後悔當初冇叫老豆一嘢射你埋牆！👍 3,180

case	symptom	可樂
#16	remark	

有日有個媽媽帶個小妹妹嚟睇醫生…拎藥時,有六支唔同顏色嘅藥水～

媽媽望見就同小妹妹講:一陣食咗甜甜水先返屋企好冇?嘩,你睇吓,有士多啤梨味,橙汁,檸檬,椰子,可樂,蜜瓜味喎!

妹妹喊住講:我淨係要可樂嗚嗚嗚嗚嗚嗚!

媽媽不停講:其他都好好味喍,好甜甜喍…

妹妹:嗚嗚嗚嗚嗚嗚!可樂呀!

跟住媽媽望住我問:姑娘,轉晒做可樂味呀。

我:小姐,唔好意思…其餘呢五隻冇黑色款喍…

媽媽:你溝到黑色咪得囉。

我:我哋冇色溝………

媽媽:你哋得呢隻係可樂味?咁同我轉晒同一款呀。

我:其實…呢隻食落都冇可樂味…而且………支支藥效都唔同…我畀六支同款咳水你都冇用…

媽媽好似受咗打擊,冇出聲一陣,低頭望住枱面嗰六支色彩繽紛嘅藥水…小妹妹仍然擘大喉嚨喊緊:我要可樂呀嗚呀呀呀～～～～

媽媽腦筋急轉彎了:我倒啲藥水落可樂度得唔得?

我：可樂送藥唔好啦，用返清水食藥係最好…

媽媽：我冇話要可樂送藥呀，係倒啲藥水落杯可樂度，之後再飲水呀！咁邊係可樂送藥？

我：有乜分別………

妹妹：嗚呀呀呀呀呀呀～我要可樂呀～

媽媽安慰妹妹：得啦得啦，一陣去便利店買可樂畀你飲好冇？

妹妹：嗚呀呀呀～我要飲可樂呀…

媽媽：姑娘，可樂可以飲㗎嘛？

我：病仲飲呢啲？頭先醫生同妹妹講咗糖都唔好食住嘅…

媽媽：可樂點同糖呀！？佢唔飲水，淨係飲可樂，我可以點？小朋友鍾意有乜計？

我仲有乜好講呀，我只係一個無能嘅診所大嬸，講乜春都畀人Ban，做乜戀都係錯…咁你又問我做乜春啫？ 🤍 2,613

case	symptom	奪命追魂 Call
#17	remark	

電話響起，係一把女人聲：喂，姑娘，我喺度睇過喋！

我：有乜幫到你？

佢：我喺超市呀。

我：吓？

佢：我要買尿片，唔知買邊隻好…

我：我唔識喎…

佢：XXX 好定 XXX 好呀？

我：我唔知，你慢慢揀啦 Byebye！

我收線後，兩分鐘左右佢又打嚟：喂？買邊隻好呀？

我：小姐，我真係答你唔到邊個品牌好…

佢：你診所有奶粉派喋嘛！

我：係呀。

佢：咁一定知 BB 用乜好食乜好喋！

我：食人奶好用尿布好，但唔係人人都啱喋嘛…

佢：尿布？你乜年代人？成 Pat 屎點洗？尿片邊隻好呀，我企咗喺度諗咗好耐啦姑娘…

我：我連有乜品牌都唔知，答你唔到呀，你睇吓職員幫唔幫到你啦，Byebye！

我又收線了，幾分鐘後又係佢…我真係好想扯甩條電話線…打爆部電話…

佢：姑娘呀，邊隻好呀？

我：你搵超市職員睇吓有冇做過媽媽嘅畀意見你啦…

佢：佢哋都係賣嘢，點識呢啲呀！

我：小姐，我都唔識㗎，我都未生過…

佢：咁你哋睇小朋友㗎嘛，好似啲獸醫診所咁都有推薦食邊隻狗糧好啦！

我：都係廣告嘢啫…

佢：姑娘，咁邊隻好呀？

我：是但一包啦，XXX 都聽過好多人用㗎！

佢：我 BB 用邊可以是但㗎姑娘，你未生過梗係唔知 BB 係好敏感啦，一定要用最好㗎，XX 都好似麻麻咋喎！

我：你搵個生過嘅幫你啦…我真係唔識…

佢：姑娘，你有冇你隔籬診所電話呀？

有！有！有！你等陣！我立即放低電話行出去望隔籬診所電話幾多號…明知 PK 都要做一次…Sorry，隔籬嘅姑娘… ♡ 1,758

case	symptom	書展 VS 動漫
#18	remark	

每逢有乜大時大節，總會有人嚟「呃假紙」⋯做戲做全套好冇？
若要人不知，唔好咁低 B⋯

一對新症男女到診所坐低後，好好好大聲傾計～

女：你有冇去書展呀？

男：唔去！動漫就去！

女：你咁冇文化嘅，我今日專登拎假紙去㗎！

男：挑！扮乜嘢呀！

女：乜呀又！

男：成戀日用埋啲火星文，5555555 該晒，盲字都唔識多隻睇乜書？

女：喂！你講乜呀，我年年去買書㗎！

男：去打卡咋嘛！

女：我有買書㗎！

男：買乜書呀？嗰啲乜嘢《Jessica》呀？打晒蛇餅等幾個鐘為嗰啲乜嘢福袋定試用呀！

女：你識乜呀！毒男！收聲啦！

男：55555 該晒喎，我係毒男，你咪港女囉，打卡未呀？

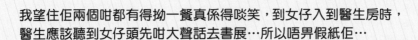

我望住佢兩個咁都有得拗一餐真係得啖笑，到女仔入到醫生房時，醫生應該聽到女仔頭先咁大聲話去書展…所以唔畀假紙佢…

女一行出房對住個男講：走啦，低能㗎！有醫生會唔開假紙㗎咩？可以㗎咩？

可以…點解唔可以？ 👍 2,700

一個女人嚟登記時好細聲問我：阿女，經痛拎到幾多日假紙㗎？

我：醫生決定㗎，醫生認為你需要休息先有假紙㗎。

佢：我知呀，咁我可唔可以講要幾多日？

我：你要自己同醫生傾啦。

佢：哦…我明啦。

到佢入房睇醫生，佢：醫生，我經痛呀！

醫生：今日第幾日經期？

佢：第一日。

醫生：以前有冇試過咁樣痛？

佢：每逢到都係咁痛，醫生，我想要一星期假紙。

醫生：一個星期？

佢：係呀，我嚟親都要一星期先完！

醫生：最多開到一日畀你。

佢：我經期要成個星期先完㗎，可能要痛足一星期，你寫定一星期畀我呀，我唔痛就會返工㗎喇，未必用得晒一星期病假㗎，我好勤力㗎！

醫生：只可以開到一日。

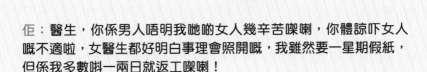

佢：醫生，你係男人唔明我哋啲女人幾辛苦㗎喇，你體諒吓女人嘅不適啦，女醫生都好明白事理會照開嘅，我雖然要一星期假紙，但係我多數啹一兩日就返工㗎喇！

醫生：你去搵女醫生睇啦，我當你冇嚟過，唔收你錢。

佢：醫生，你講吓道理，體諒吓我哋女人嘅感受啦，你阿媽都係痛住生你出嚟，你明唔明有幾痛呀？

醫生：我唔收你診金。

呢個時候醫生打眼色要姑娘送佢走，咁姑娘就請呢位女士離開，佢仲一路行一路講，一路彎住腰掩住小腹位置：哎呀⋯真係好痛呀⋯痛到行都行唔直⋯

一離開醫生房，佢就好神奇咁可以挺起胸膛做人，行埋嚟我度講：醫生話唔收我錢㗎，我走啦！

我都係女人，我都想要一星期假紙呀醫生，我都好勤力�⋯⋯咁偷懶㗎！ ♡ 3,620

case	symptom	禮貌
#20	remark	

有日我做跟症企喺房,病人入到醫生房就同醫生投訴:你出面個姑娘唔望人㗎!好冇禮貌!好唔尊重人呀!人哋講嘢要望人㗎,我要反映吓!

原本醫生嗰吓都係望住電腦準備入病歷,佢立即將個頭45度擰向病人,用對炯炯眼望實個病人⋯

病人繼續講:佢出得嚟做嘢係咪要有禮貌先?醫生你呢度診所嚟㗎嘛!姑娘畀人印象好先令我哋啲病人安樂㗎嘛,冇哩禮貌嘅,個個見到個姑娘咁都唔睇醫生你啦!

佢講嘢嗰時,我悶悶哋低頭望住自己對鞋⋯咦?花咗嘅,幾時整花㗎?抹唔抹得甩呢?一陣試吓抹先⋯咦?個病人冇講嘢嘅?我抬高頭⋯望到醫生同病人都一齊望住我⋯個世界停頓咗呀?你哋唔郁嘅?

唔好望我啦,我企喺度跟症㗎咋,你望返醫生啦,醫生醫你㗎嘛,我企喺度做肥花樽㗎咋⋯⋯Sorry,我一時分心冷落咗你⋯

病人又講:唉,連跟醫生嘅都係咁冇禮貌,人哋講嘢要望住人㗎嘛!

嗰刻開始,我都炯炯眼睥實佢。

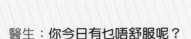

醫生：你今日有乜唔舒服呢？

病人：我有啲肚痛呀，兩日前開始痛。

醫生按肚檢查，病人一直講食過啲乜乜乜，病人見醫生齋望住佢個肚就講：醫生你有冇望到我講緊嘢？

今鋪醫生你就唔啱啦！我都幫你唔到，你睇吓我睥到佢行一行，好似分分鐘需要佢咁呀！醫生，你試吓一隻眼珠望病人，一隻眼珠望個肚，咁咪 Very Good 囉！♡ 4,971

case	symptom	縮陰球
#21	remark	

大家好，我叫縮陰球，都唔知邊抽粉腸同我改個咁嘅名…不過好彩我都有第二個名叫「陰道啞鈴」，係咪即刻覺得我好有霸氣好有肌肉感？我嘅存在係維護女性陰道周圍和恥骨尾骨肌肉群緊實度，可以預防陰道鬆弛～

有日我被放到一間性用品商店貨架上，左邊有自慰棒大哥，右邊有飛機杯妹妹～

可能因為我唔識動感震震震又唔識夾死蟻…所以身邊啲大哥妹妹換咗幾十輪，我仍然無人問津…直到我等到第一百三十四日，有個男仔眼甘甘望住我～

我心入面嗌咗幾百次：接我走啦接我走啦，我等到啲膠都就老化啦！快啲帶我返去發揮我嘅作用啦！我可以幫你女人改善陰道鬆弛情況㗎！

可能佢聽到我嘅呼喚，我終於有主人了！

返到屋企，主人急不及待咁拆開我嘅包裝，為我沖沖水印乾身～呼，好舒服啊！我左望右望期待女主人嘅出現～突然！我睇嘢好朦，有Pat啫喱咁嘅嘢兜頭淋落我度！我乜都睇唔到呀！淨係聽到男人低沉急促嘅呼吸聲，仲見到好大範圍嘅肉色嘢…肉色的越來越大～越來越大…

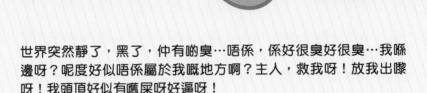

世界突然靜了，黑了，仲有啲臭…唔係，係好很臭好很臭…我喺邊呀？呢度好似唔係屬於我嘅地方啊？主人，救我呀！放我出嚟呀！我頭頂好似有嚿屎呀好逼呀！

過咗好耐……我突然感覺到肌肉夾緊咗，我個身好似被推得更入更入…

我聽到男主人把聲：死！個拉圈呢？

…你唔係咁 Funny，鬆咗手呀嘛？

男主人不停用力，想屙返我出嚟…但佢冇諗到…咁嘅動作重複重複又重複咁不停夾吓縮吓夾吓縮吓…我好似入得更深了…

主人為咗拯救我，走到落樓下診所搵醫生幫手，我聽到佢哋講………

主人：姑娘，我唔小心攝咗啲嘢入去呀！

姑娘：邊度？

主人：屎……忽呀！

姑娘：你去急症啦，呢度幫唔到你拎返出嚟㗎…

主人：你搵醫生同我睇吓得唔得呀？

姑娘：睇完都係嗌你去急症㗎咋，快啲去啦！

主人：哎，一定俾人笑啦！真係要急症呀？

姑娘：係呀…

主人：唉…

過咗陣，應該去到醫院了…我感覺到我身體俾人拉扯～救星啊！快啲救我出嚟呀！頭頂嗰嚿屎個樣好兇狠呀！

呼，我見到光了，空氣前所未有咁清新！我自由了！

我被放到一個小盤上，一個帶住口罩嘅人問主人：呢個仲要唔要？

主人無情的說：唔要啦！

我被掉到垃圾堆裡，望住醫院白白的光管…腦海浮現：我嘅存在係維護女性陰道周圍和恥骨尾骨肌肉群緊實度，預防陰道鬆弛…

陰道係乜樣？我滿心期待嘅第一次居然係我嘅最後一次…主人你係咪文盲？ ♡ 5,027

一位女士嚟到診所睇醫生，傾完一輪，做埋檢查…診斷為生痔瘡。

醫生開咗痔瘡塞藥畀佢，出藥時同佢講得清清楚楚：呢個係痔瘡塞藥，撕開包裝，塞入肛門。

佢哦哦哦哦哦哦哦哦哦，畀咗錢後慢慢坐低喺度左望右望前望後望嗰幾粒痔瘡塞…之後佢撕開痔瘡塞嘅包裝……

喂！喂！喂！你唔係諗住喺度塞嘛？！

我嗌：小姐，呢啲返屋企沖咗涼先用啦！

佢冇理我，擘大個口，咬咗一啖痔瘡塞……

乜料呀，乜料呀，乜料呀，乜料呀…？好唔好味呀？第幾個咁食法呀？你哋係咪夾埋玩鳩我㗎？我真係好想搖甩你哋個頭呀！

👍 2,619

— comments —

John Chan
我以前覺得撩鼻屎係好核突嘅事，所以我有諗過塞落鼻哥度等佢自然流鼻屎…

Siu Wai
你有所不知了，嗰度就係佢肛門～

case	symptom	
#23	孔蟲	
	remark	

話說，有個婆婆新症嚟睇醫生，登記時，佢將一個盒仔放喺枱面。我見又有保鮮紙又有膠袋咁雙重保護就問婆婆：咦？乜嚟㗎？

婆婆答：蝨嗯！

我打個冷震問：你做乜捉啲蝨入盒呀？

婆婆好嬲咁答：佢哋尋晚咬咗我成晚，有啲仲捐咗入去我屎尿嗰度呀，痕死我。

我口快快咁問：婆婆你冇著底褲呀？

婆婆答：你係咪幫我捉蝨？

佢邊說邊有所動作想除褲…

我大驚：咪住！蝨就唔輪到我捉，更加唔會當住咁多人面前要你除褲，俾人睇到就唔好啦！

婆婆用好鄙視嘅眼神望住我講：咁你問嚟做乜，又唔幫手，又要講咁多…

下刪百幾字重複…

正當我專注喺度望個盒入面係咪真係有蝨嗰陣，阿婆坐喺梳化伸手入褲搣佢下體⋯一路搣⋯一路叫⋯⋯唔好問我佢喺度叫乜同點叫，我都答你唔到。

我好尷尬咁同佢講：婆婆，唔好伸手入去啦，唔乾淨會發炎㗎⋯

婆婆好乖咁停手，望住我，行埋嚟，雙手揪住我手問：你係咪幫我捉蝨？

我要死啦！我而家都思覺失調咁周身痕。🤍 3,014

case	symptom	運桔小粉果
#24	remark	

一對個 Look 好潮嘅情侶手拖手到診所，男嘅登記睇醫生…一直都好 Sweet sweet。

到睇完醫生，個女仔叫男嘅坐低哨吓，由佢嚟拎藥，講完啲藥要點食後，我同個女仔講：$280 呀，收據放埋喺袋入面～

女仔擰轉頭望住個男仔，真係齋望，望咗分幾鐘…我都齋企咗分幾鐘…

我：小姐呢度 $280 呀…

女望住男仔講：喂！畀錢呀！$280 呀！

男：你叫我嚟睇醫生嘅，我冇帶錢呀！你畀啦！

女：我邊有錢呀！啲藥你食，點解我畀呀？

男：你叫我睇㗎！

女：我叫你捅死你老母，又唔見你捅？

男立即企起身：提我老母做乜呀？

可唔可以唔好講捅人娘親呀？娘是無辜的…

我：先生小姐或者你哋出去撳錢先呀…

男：收唔收信用卡呀？

我：唔收…

女：畀張八達通你得唔得呀？

我：唔收…你哋都係去撳錢啦…

男問女：你有冇得撳呀？

女：唔夠撳出嚟呀…

男：我都唔夠…

女：其實你都唔係好病咋？

男：不如去飲碗涼茶？

女：好啦。

我完全被無視…只可以望住佢哋拖住手行出診所…你哋兩個運桔
小粉果呀！ 💗 3,392

case	symptom	腸癌與蕉
#25	remark	

有日一個男人拎住一梳蕉到診所，登記完，佢就坐喺度食蕉，食吓又一條，食吓又一條。食咗唔知幾多條，只見到佢梳蕉變到得返一條，就到佢可以睇醫生，而佢就咁將堆蕉皮放咗喺梳化度⋯

醫生：今日有咩唔舒服呢？

男：我冇唔舒服呀！我嚟多謝你㗎醫生！

醫生：哦？

男：上次你咪轉介我去做專科嘅！

醫生：係呀！

男：我原來真係有腸癌呀！

醫生：咁你接受治療未？

男：上次照腸鏡切晒咯！

醫生：之後呢？Check咗組織？

男：冇喎。

醫生：邊個話你知係腸癌？

男：樓下個看更咯！

醫生：看更？

男：係啊，我同佢講我做腸鏡切咗粒肉，佢就話我嗰啲係腸癌，幾好彩呀！好彩一早發現咋！真係死咗都唔知咩事！人好化學㗎嘛！佢仲教我食多啲蕉！可以抗癌喎！

係喎，醫生，我都買咗梳蕉請你食㗎！多謝你呀！你救咗我！你真係好勁！咁都知我係腸癌！Sorry 呀醫生，我最近好鍾意食蕉，頭先坐坐吓食晒啲蕉，得返一條，我轉頭買過請你食呀！

最後，蕉就冇啦醫生！蕉皮就有幾塊嘅！🤍 1,798

case	symptom	
#26	remark	Candy

Candy 係舊同事，早過我喺診所做，佢真係 Candy 咁嘅樣，好 Sweet，笑起上嚟對眼彎彎的，好似識講嘢咁～

我初初入嚟做，Candy 已提點我：寶豬，唔好打醫生主意…

我：呀～你放心，我冇興趣，我打份工㗎咋。

Candy：嘻，咁就好啦！

每日 Candy 都好主動咁撩醫生傾計，撩一齊食 Lunch…但醫生都不為所動，寧願做個毒撚食自己～連個背影都仿佛唱緊：其實毒撚一個更開心～洗撚你講～其實毒撚早晚留在家～卻扮忙…

我返咗三個月工，醫生畀我嘅感覺好內斂好少出聲，直到……Candy 姐放大假去旅行…請咗四日假，呢四日改變咗我對醫生嘅睇法…

Candy 冇返工第一日，醫生一朝早已經心情勁靚，第一次主動同我講：寶豬早晨。

到 Lunch time 時又講：寶豬一唔一齊食晏呀？

我衝口而出：吓？一齊？你唔係毒撚咩？

醫生：邊個同你講？

我：我做咗幾個月都見你獨家村咁嘛…

醫生：平時 Candy 喺度嘛！

我：關 Candy 乜事？

於是我同醫生去椰林閣食個 Lunch，聽聽毒撚心底話……

醫生：幾年前，我初初開診所，請咗 Candy 做姑娘，就係因為見佢成熟同有返咁上下經驗…可以幫到我嘛～初頭諗住同姑娘 Close 啲方便做嘢，估唔到 Candy 諗錯隔籬…唉，我拒絕過㗎，佢聽唔明咁咋…

我：Candy 都幾好呀，你又冇老婆女朋友～

醫生：我冇話佢唔好，係甩色啫，我唔 Buy 呢類啫…

我低頭繼續飲我碗羅宋湯，鋸我份雜扒餐…醫生就繼續講佢啲想當年…我望住佢啲口水係咁噴，真係好想拍枱同佢講：你呢個偽毒撚咪咁多嘢！快啲食嘢！

但係我只係一個卑微嘅打工仔…食口水餐啦…

一連四日，醫生都拉埋我去椰林閣 Lunch…一連四日，我都係食口水餐…Candy，I miss you so much…

到第五日，Candy 回來了！診所回復平靜！Candy 繼續約醫生食 Lunch，醫生都係一句：我想自己一個人靜吓…你哋去食啦～

OK！You win！偽毒！

我同 Candy 一齊鎖門去食晏～心諗：我今日要食生勾勾嘅壽司！壽司！我來啦～

我：Candy，不如我哋去元氣咯？

Candy：我去日本仲食唔夠壽司咩，我哋去椰林閣呀！我想飲忌廉湯呀！

WTF！！！！！WTF！！！！！

我聽到椰林閣⋯都想嘔啦⋯你而家就算擺份最貴嘅餐喺我面前⋯我都扯唔起啦⋯又係椰林閣又係椰林閣，點解又係佢？點解係都要喺診所附近食？嗚呀⋯媽呀，連續五日食椰林閣啦，我有恐懼症啦⋯

我面如死灰咁同 Candy 一齊去到椰林閣，好苦惱咁望住個 Menu 諗今日食乜好，仆佢個街個侍應阿姐講咗句：姑娘，今日又嚟呀？你哋都幾準時食晏㗎喎！

咪講嘢！咪講嘢！咪講嘢呀！

Candy：係呀。

阿姐：要唔要換張卡位呀？

咪講嘢！咪講嘢！咪講嘢呀！

Candy：唔使呀，夠坐啦。

阿姐：醫生唔嚟咩？

我求你唔好出聲啦！

Candy：醫生一向都係自己一個食嘅，佢唔嚟㗎～

你唔好出聲呀，我求你我求你我求你我求你我求你⋯

我大嗌：唔該雜扒餐跟意粉，黑椒汁，凍奶茶，要忌廉湯，唔該！Candy 嗌嘢啦！

阿姐完全無視我嘅 Order⋯慢慢講：唔係呀，呢個星期醫生都有同姑娘仔食呀。

我仆街了⋯我望住 Candy 塊面僵硬咗⋯個仆街阿姐仲唔收聲問：姑娘仔，今日醫生唔食呀？要唔要打包呀？

打包？！我捉你入後巷當你沙包咁打呀！咁多嗲唔好做侍應啦！浪費咗你呀！去做 CS 啦！去發揮你所長啦！

Candy：B 餐跟薯菜，忌廉湯，餐飲遲啲嗌。

阿姐：OK。

我好似平時咁同 Candy 傾八卦新聞，佢都只係嗯嗯嗯…最後我放棄了，唔撩佢講嘢，都冇主動解釋點解我同醫生一齊食飯…聽講講多錯多，越講越錯，解釋即係掩飾…你叫我點開口講醫生係因為你而偽毒…唉，問世間情為何物～

大家各有各好靜咁食嘢，飲埋杯餐飲…好安靜咁返到診所等開工…一開門入藥房，見到個偽毒喺度食大家樂豬扒飯…

Candy 望住醫生問：做乜今日唔同寶豬食飯？嫌我阻住你哋呀？

醫生咬住塊豬扒講：同佢食？

Candy 喊了：你哋兩個係咪一齊呀？寶豬你入嚟做嗰陣又話打份工，唔搞男女關係，我見你蠢蠢哋以為你冇嘢，你居然喺我背後插我一刀…

我：Candy，我同醫生冇嘢㗎…

醫生：食飯咋嘛，有啲乜啫？

Candy：嗚…你哋夾埋…

醫生：食飯咋喎…

Candy 再聽唔到我哋講嘢，只係自己喺度喊…我見到佢喊…我又喊…醫生仍然咬住佢塊豬扒…

翌日，Candy 辭職了，扣埋平時儲埋儲埋嘅大假同貼返啲錢即走了… 👍 4,802

一個姨姨到診所睇醫生，入到醫生房…

醫生：今日有乜唔舒服啊？

佢：我好唔舒服呀…

醫生：邊度唔舒服啊？

佢：成個人都好唔舒服呀…

醫生：咁…你有冇邊度覺得唔妥？頭痛？咳？

佢：成個人都唔舒服呀…

醫生：周身骨痛？

佢：你睇吓我呀，你醫生嚟㗎嘛，你同我睇吓我邊度有問題吖…

我跟症望住佢，心諗：你需要嘅係一個神醫，而唔係西醫…

醫生：Ummm…你唔舒服咗幾耐？

佢：好耐囉！

醫生：大概幾耐？

佢：好耐囉，耐到都唔記得幾耐囉！

醫生：Ummm…過往有冇乜大病？

佢：唏！好多喎！

醫生：做過手術？

佢：唔記得囉！

醫生：咁你本身有乜病？血壓高？糖尿？

佢：我年年都病㗎！

醫生：乜病？

佢：一年起碼有兩三次感冒、一兩次肚屙、幾次肚痛，夏天出入冷氣地方多就自然多感冒，攝親呀嘛！我乜病都有齊㗎！年紀大就病多咗，上年我都病咗好耐，前年冇病咁多，大前年身體仲好好多，再對上嗰年我都好好㗎！（為節省各位時間，我哋通通跳過晒佢嗰幾十年身體狀況回顧…）我做女嗰時通山跑㗎呀！

醫生已經悶到喺度轉筆自娛，終於等到佢講完…

醫生問：咁即係身體一向冇乜大病嘛？

佢：年紀大就自然病多咗，上年我都病咗好耐……Blahblah…Blahblah…Blahblahblahblahblahblahblah………

我個靈魂好似飄走了，對耳聽到嘅聲好似催眠緊我咁…忽遠忽近…忽遠忽近…忽遠忽近…忽遠忽近…

突然有把低沉嘅男聲講：咁即係冇乜大病啦，我開啲藥畀你…

我醒了！醫生！可唔可以唔好再提「大病」呀！？

姨姨又開口講：唔係呀，我成日病㗎！

年紀大就自然病多咗！

Blahblah…Blahblah…Blahblahblahblahblahblahblah………

我又再忽遠忽近，忽遠忽近，忽遠忽近… 忽…遠……忽…
近…………近……遠……近……近……遠……近……近……
遠……近……近……遠……近……近……遠……近……近……
遠……近……近……遠……近……近……遠……近……近……
遠……近……近……遠……近…… 👍 2,238

Tea Chan
我終於明白，點解次次等睇醫生都咁耐，
但係到我就光速睇完。

Wallace Wong
無論私立定公立，我一向都懷疑好多老人家所
謂睇病純粹係無聊想搵醫生姑娘吹吓水…

Aggie Yip
乜呢啲情況唔係開維他命丸㗎咩？

case	symptom	輪椅男
#28	remark	

有日有個坐輪椅嘅男人喺診所門口望咗好耐，就算有人推門畀佢入，佢都冇入到嚟…大概半個鐘後，佢打電話到診所…我接聽了～

我：喂，XX 診所，有乜幫到你？

佢：姑娘，我喺出面入唔到嚟呀，你出嚟幫我呀…

我：好呀，我出嚟開門畀你呀…

佢：我唔想推輪椅入嚟呀…

我：咁你點入嚟？

佢：我想行入嚟，你出嚟幫我呀！

我：哦…好啦…

我行到出去，扶起佢一邊手，諗住佢只係行得冇咁叻，都可以自己行到…點知佢一嘢卸晒啲力畀我，成個人仆去我度攬住我，冇錯，係肚腩頂肚腩嗰隻攬…

佢：對唔住呀姑娘，我冇力，腳郁唔到㗎，麻煩你呀！

咁你就推輪椅入嚟啦，行乜春呀…

我：不如你坐返上去啦，我唔夠力㗎！

佢：姑娘唔好呀，我有尊嚴…

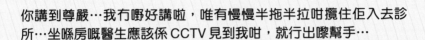

你講到尊嚴…我冇嘢好講啦，唯有慢慢半拖半拉咁攬住佢入去診所…坐喺房嘅醫生應該係 CCTV 見到我咁，就行出嚟幫手…

個男人一見到醫生想攬佢就……

佢：我自己行得啦，頭先腳有啲痹好難行呀，唔該醫生！

佢真係可以自己趷趷吓咁行埋去位度坐…咁即係點呀？仆街！你做戲做全套好冇？👍 2,824

case	symptom	
#29	remark	爆菊

以前做過一間診所，大堂位係有洗手間畀客人用嘅…有一日大堂出面坐滿晒人，姑娘都好忙，忙到都唔得閒理出面坐咗啲咩人…

有個女人走埋嚟同我講：姑娘，頭先有一男一女入咗去廁所，好耐都未出嚟…

我哋梗係第一時間諗：唔喺係嘛？有冇急到咁呀？返屋企先搞唔得咩？

我行出去，到洗手間門口先聽吓入面有咩動靜…聽咗分幾鐘，都聽唔到有聲…

呀！！！！！！！！！！突然入面有一把女人聲大嗌…

我好緊張咁敲門：小姐小姐，咩事呀？

有把男人聲：冇冇冇冇冇冇冇冇事呀！

我繼續敲門：先生點解你喺入面㗎，你哋喺入面做咩呀？麻煩你哋出嚟，唔好搞搞震呀！

我知我明我好了解喎，阻人扑嘢俾人燒春袋嘛！WFC，我又冇春袋……

我繼續好努力咁催佢哋開門，連同事見到我咁落力敲都話：我未見過你咁有 Heart 㗎！

入面嘅男人講：姑娘，你等多陣啦，就快得㗎喇！

我：先生，你哋再係咁我報警㗎喇…麻煩你哋出嚟啦…

女：姑娘，唔好呀，唔好報警呀！

我：咁麻煩你哋快啲出嚟啦…！

到佢哋開門時，我一心諗住炳佢哋行為不檢，教壞細路，不知所謂！但係我啞了，我食返晒自己想講嘅嘢落肚……………

點解！點解！！點解呀！！！點解地下會有屎！牆上有屎！洗手盤插住支地拖都有屎？！你哋搞乜春呀，你哋唔撚係喺度洗腸爆菊呀嘛？

男同女都一面尷尬，我呆咗足足幾分鐘……我唔識畀反應…

女好細聲講：對唔住呀姑娘…我一踎上去就忍唔住…

男：我哋本身想洗返乾淨…但係你不停敲門…又報警…

對唔住，係我錯，你哋可唔可以繼續做自己嘅嘢，可唔可以當冇見過我？ 🤍 4,520

case	symptom	你 朋 友 就 是 你
#30	remark	

一個伯伯到診所，行埋嚟講：我問你少少嘢，唔使麻煩醫生呀吓。

我：乜事呢？

伯：你哋女人呢，要幾耐先知自己有咗？

我：驗孕後。

伯：唔驗有冇可能知自己有咗？

我：估估吓囉⋯

伯：有咗七日知唔知？

我：驗孕知。

伯：我個工人呢⋯唔係⋯係我朋友個工人，同我講佢有咗⋯咁七日知唔知？

我：驗孕知。

伯：七日係咪就感覺到？

我：驗啦。

伯：你哋有冇藥買？

我：乜藥呢？

伯：啲啲自然流出個胎嗰啲。

我：冇呀。

伯：咁有冇令月經嚟返嘅藥？

我：冇呀，伯伯，你唔好估估吓啦，帶你個工人嚟見醫生啦！

伯：乜…乜乜……乜我個工人呀，我朋友個……個工人呀！

我：嗯…咁你快啲帶朋友個工人嚟啦。

伯：佢而家懷疑期，再做會唔會多一個？

呢個係乜問題………？係咪問分開兩次前後腳，會唔會一個 B 變成兩個 B？越射得多次越多 B？

我：我唔明你問乜…

伯：你乜都唔識做乜坐喺度？

我：我坐喺度登記咋。

伯：呢啲常識你都唔識！

我：咁要唔要同你登記？

伯：唔睇呀！我嚟問少少嘢咋！你哋有冇嗰啲食咗勁啲嘅藥？

我：……………

伯：好似藥房嗰啲呢…

我：冇呀。

伯：你乜都話冇，乜都唔識，你坐喺度做乜？

我都唔知自己前世做錯啲乜… 👍 5,056

case	symptom	食完又食
#31	remark	

有個媽咪帶住個小朋友嚟睇醫生，個小朋友拎住個嘔吐袋，入到醫生房突然有袋唔用，中出無限，嘔晒落地下⋯醫生好彩縮得快好世界。

小朋友諗住拎紙巾去清潔自己啲嘔吐物時⋯

個媽咪大嗌：你唔好掂呀！整污糟自己呀！嗌姑娘執啦！請佢返嚟唔使做呀？出嚟打工係咁㗎啦，好命就唔使做啦！仲唔嚟拖地？離晒譜！好多菌㗎！傳染畀我點得呀！

小朋友望住自己媽媽嘈個不停，個樣好似覺得好醜咁⋯出到醫生房，個媽媽將個嘔吐袋就咁掟落診所地下⋯

把口繼續講：廢人死咗去邊？仲唔出嚟執嘢？我屙屎你都要執啦！唔使出糧呀？惹到其他人病係咪你畀錢呀？慢手慢腳，地下有金你都執唔到啦，冇嘢醒目！

到我出去清潔完，拖晒地，掉埋垃圾，清毒完，自己雙手都消埋毒⋯我又去返自己工作崗位⋯準備出藥畀另一位客人。

個客人同我講：我唔想你畀我，可唔可以搵第二個姑娘？

我：點解啊？

佢：你好污糟呀，唔好掂我啲藥！頭先掂完啲核突嘢，而家就畀藥我，嗌第二個姑娘嚟呀！

喂！真係多 L 謝晒呀，我唔出去清潔又俾人屌，我去清潔又俾人屌，咁都嫌棄我，不如我成碌粉葛咁棟喺度算鳩數啦！♡ 1,699

#32-63

診所低能奇觀
FUNNY + CLINIC

case	symptom	
#32	remark	李燦森

一對情侶嚟到診所，坐低喺度等見醫生…喺度打晒車輪，條脷「發」嚟「發」去…仲要攬到有咁實得咁實，雙方嘅手都不停喺對方身上遊走…當然～大家都力守防線，已經好克制㗎啦！

佢哋打咗成十幾分鐘車輪…仿佛其他在場嘅客係石像咁～

到睇完醫生拎藥，男嘅從後攬住個女…我講講吓啲藥點食…發現個男人隻手喺女人個波上面…！！！

女嘅反應………好嬌羞咁回頭索吻……

你哋當我死的嗎？有冇諗過我感受？

點解明明個男嘅係靚仔，個女嘅就蘭茜 Mix 李燦森咁款？點解個畫面明明可以好火辣，突然變到咁……？👍 2,049

乜咁耐㗎~趕住返去扑野呀~

衰鬼~
你咪咁
心急啦!

好蘭茵...

—— comments ——

See Man Kwok
好似張智霖話:「識食,就一定食魯芬啦!」,你唔明㗎喇姑娘!

John Lai
佢哋運用緊方法演技,接拍 AV 診療所!

Sandy Li
點解個男仔要放棄治療呢 /＿\

case	symptom	
#33	remark	RIP 啤酒樽

一個忙到仆街嘅下午⋯一個姨媽到嘅珍寶豬⋯一個好濕滯嘅電話⋯我真係要癲了！電話響起，我左手拎住一堆排版，右手拎住電話：午安，XX 診所有乜幫到你？

一個男仔慢咗十幾拍回應：我想問有冇到診？

我：唔好意思，醫生唔外出上門到診。

佢：咁有冇電話問診？

我：冇呀。

佢：咁可唔可以問幾句？

我：先生，醫生今日好忙好多症，不如你直接嚟登記睇醫生？

佢：真係唔可以問幾句？係咪因為我未睇過？你畀你戶口號碼我呀！

我：吓？畀你做乜？

佢：我畀返錢醫生，我真係問幾句咋，求吓你呀！我落唔到樓呀！

我：你等等⋯

我去問醫生可唔可以聽個電話，醫生話唔聽⋯

我：唔好意思，醫生而家真係唔方便聽電話⋯或者你講低想問乜，我睇吓醫生晏啲有冇時間覆到你⋯

佢好似喊咗：我真係急㗎，我真係可以畀返錢㗎⋯

我：先生，唔係錢嘅問題⋯你冷靜少少先⋯

佢：可唔可以叫佢盡快覆我呀？我係 Urgent Case！

我已經好好好躁：你再講就講到出年啦！先生！我唔係淨係負責聽電話㗎！因為你 Hold 住條線，我放低晒其他工作呀！

佢又喊：我唔係特登要阻住你…我唔知點算好…一個人喺房又出唔到去…

我：咁即係乜事…

佢：我…………Online Game…屙尿……

我好大聲咁講：乜話？Online Game 屙尿？

出面啲病人望住我了…

佢：我………啤酒樽……

我：你組織完想講乜先打畀我，拜拜！

佢好順暢好澎湃咁講：我屙尿落樽攝住咗！

我：………………乜話？

佢：求吓你幫吓我…

我：……你等等…

我又去問醫生…醫生回覆嗌佢去醫院…

我：先生…醫生叫你自己去醫院…

佢又又又喊：唔好呀，求你哋幫吓我啦，我唔想做活塞男呀，我唔想畀記者影相呀…我唔想呀…我唔想呀…

我：……先生………不如我幫你 Call 救護車…

佢：咁你仲講咁多嘢！一早就話 Call 呀嘛！求吓你快啲！嘟…嘟…
嘟…

佢 Cut 咗線………！先生，我連你地址都唔知，你咁快收線乜都
冇講低，點 Call 呀？ 👍 4,319

我唔想做活塞男…
唔想呀…
嗚…
掹住
咗呀!!

———— comments ————

Pui-Ting Ho
打電話 Call 消防話：「我細佬被困。」

Karen Hin
Re: Pui-Ting Ho 唔好咁落 Call 呀，999 會駁落
消防，消防就會帶埋電鋸……

珍寶豬
我當年第二日好罕有咁買咗兩份報紙睇，
搵過晒都冇報導，應該安全了！

case	symptom	
#34	remark	呃 Like 請露波

有個女人到診所，話要探熱，我畀針佢：脷底含住，等3分鐘，之後嗌你名。

佢拎住支針坐低咗，放入口後⋯邊探熱邊拎部電話自拍三千張，高炒低炒單眼碌眼 V 字乜 Pose 都有。

3分鐘時間過去⋯我嗌佢名要收針，佢帶住耳筒塞住對耳仔，嗌極都冇反應，繼續沉醉喺自拍度。

我不停揮手，終於我可以收返支探熱針⋯望一望支針答佢：冇燒，36.2 度，可以坐返低等嗌名入去見醫生。

佢碌大對眼望住我：冇燒？我要有燒呀！我要影相擺上 Facebook 呀！

我問：冇燒做乜要扮有燒？

佢再碌大啲對眼話：冇燒邊個會上釣呀？你快啲整到佢有燒！如果唔係我就唔睇！

頂你⋯最後真係走咗⋯！女人就用女人原始武器吧！呃 Like 時露出胸部是常識吧？ ♡ 1,576

case	symptom
#35	肛探
	remark

一個男人嚟登記睇醫生⋯登記完就話：我要探熱。

我畀咗支口探針連即棄口探套佢，同佢講：脷底含住，3分鐘後叫你，坐吓先。

咁我就轉身返入藥房執藥，3分鐘後我出返去收探熱針⋯我一見到佢！你係咪未啪丸！我真係呆咗！

我見到個男半趴喺診所櫈⋯露出好多粒粒嘅屁股⋯屎忽中間夾住咗本診所嘅探熱針⋯⋯⋯⋯⋯⋯

男：係咪得啦？
佢由屎忽拔出支針⋯

我：你做乜肛探呀！我頭先咪叫你脷底含住囉！係口探呀！
男：吓？我唔知喎，肛探準好多㗎，胳肋底都唔準！
我：我哋呢支係口探針，唔係肛探針⋯

佢著返好條褲，遞支針畀我⋯你滷味！個即棄口探套呢！？

我：先生，頭先連埋支針畀你個膠套呢？
男：9套？我冇脫到呀。
我：咁⋯去咗邊？你唔係就咁除咗肛探嘛？

男：冇呀，我冇除到。

跟住…佢…伸手入去褲度摸自己屁股…

男：哎，喺度呀，夾住咗，嗱！

然後再好順手咁將個屎忽套放喺登記枱面！！！

我就痴線了…我好想喊… 👍 9,434

哎呀~姑娘你咪眼甘甘睩我啦♡ 臭

你鹵味!! 我劈Q死你個仆街!!

case	symptom	
#36	remark	可憐的 JJ

有日有個十幾歲男仔嚟到診所話要睇醫生，佢個樣㷫埋一著，個身都縮埋一嚿咁登記，飆晒冷汗咁⋯

我問佢：你好唔舒服？使唔使叫其他人讓你睇先？

佢：唔⋯唔⋯唔⋯使啦⋯

我：咁你坐坐先，到你嗰陣嗌你名啊。

佢：嗯⋯

等咗半個鐘都未到佢，佢夾住對腳擰吓擰吓咁，我以為佢肚痛就瀨屎⋯

我：你要唔要去廁所呀？

佢：好⋯好⋯好⋯呀，你可唔可以畀兩嚿棉花同火酒我呀？

我：吓？要嚟做乜？

佢：我⋯要去抹吓個傷口⋯好痛呀⋯

我用眼掃晒佢全身都見唔到手腳面有傷：傷口？邊度嘅傷口？火酒唔可以洗傷口㗎喎！

佢好細聲講：我⋯⋯⋯⋯下面俾女朋友整損咗⋯我⋯呢幾日已經不停用火酒洗傷口⋯但係冇好過⋯仲生咗啲好似水泡咁嘅嘢⋯⋯⋯你畀少少火酒我抹吓吖⋯

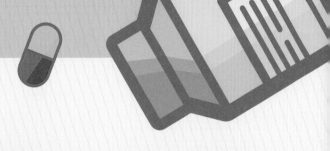

我：都話咗火酒唔係用嚟洗傷口咯！坐低等見醫生，等醫生話你知點處理～唔好周圍去啦你！

火酒抹 JJ 傷口，很爽吧？ 👍 2,618

comments

> **Sita Tam**
> 箍緊牙就咪搞咁多嘢啦 XD

> **Leo Shum**
> 我一路睇下邊 Feel 到痛……

case	symptom	
#37	remark	精液濃度

一個女人到診所登記處問我：姑娘，有啲嘢我唔知可唔可以問你？

我：醫學上嘅問題問返醫生啦，我同你登記，你問醫生呀。

佢耍晒手擰晒頭：呀呀呀，唔好呀唔好呀，我問你得㗎喇！

我：我未必答到你㗎喎⋯

佢：唔緊要呀，我問吓啫⋯

我：哦⋯

佢：精液呢⋯應該係濃定稀㗎⋯？

如果眼前呢位係男人，我就 100% 肯定自己又係遇到變態佬⋯不過呢位係個女人⋯⋯

我：因人而異㗎喎⋯

佢：咁濃有幾濃呀，稀會唔會好似水咁呀？

點比較好呀？蜜糖，豆漿定白膠漿好呀？

我：我唔識答你呀小姐⋯

佢：你未見過精液咩？

我：我係唔識點形容啫，諗緊用咩飲品形容⋯豆漿？

佢：我好正經問你㗎，你正經答啦！

我：其實你知嚟做咩啫，你同我都冇精，知嚟有咩用⋯

佢：我聽朋友講，男人越做得多啲精越稀⋯我老公啲精好稀⋯好

似水咁…佢係咪做咗好多次呀？

我：我真係唔知呀……

佢：我懷疑佢出面有女人，所以射畀我啲精先咁稀，濃嗰啲畀晒嗰個女人…

我：我…答你唔到…

佢：你覺得有冇可能係咁呢？

我：唔知呀…你不如請教醫生啦…

佢：咁都唔知？得我一個問過？

妖，真係第一個問呀你…你叫我點答啫，我咁得閒研究人哋啲精咩！♡ 3,068

姑娘呀~
精呢~應該濃定
稀㗎？

嗚…
佢畀我啲
精稀㗎！
濃嗰啲精
畀晒出面個
女人!!

唔…豆漿？
好蜜糖？
明膠漿？
唔…

你問醫生啦…

case	symptom	
#38	remark	手足之情

兩個男仔一齊嚟到診所登記,一齊見醫生,話一齊去嫖妓,疑似一齊中毒,咁就一齊嚟到尋求解毒秘方…

男 A:我下體已經流咗四日嘢,食咗牛黃解毒片都唔得,人哋話可能係熱氣…

男 B:我…兩…個…禮拜……

男 A:頭先問你又話幾日,而家又兩個禮拜?我哋一星期前先上去咋!你係咪記錯時間呀?因住醫生誤診呀!你諗清楚先講啦!

男 B:我…係…幾星期前去…過一次…探路…

男 A 大受刺激:屌!你唔係咁冇義氣呀?

男 B:我…想早啲試咗先…咪……

男 A:講好咗一齊除名㗎嘛!

男 B:而家咁點算好呀?

男 A:屌你!咁你就唔好隊完先叫我隊啦仆街!醫生,點算好?

兩個一齊去社會衛生科咯!一齊去醫性病,醫完又可以一齊去……如果佢哋兩個冇因為個病而反面的話…… 👍 1,810

一位女士到診所，入到醫生房同醫生講：我呢幾日好攰。

醫生：邊度唔舒服？

女：我呢幾日都係一日去得一次廁所，便秘呀。

醫生：去到就唔係便秘喎⋯

女：我平時一日兩次㗎！

醫生：一日兩次或一次都係正常。

女：我去得一次，我覺得好唔舒服，咁就瞓唔到，今日就瞓到下晝兩點先醒，返唔切工⋯

醫生：你幾點瞓？

女：我尋晚 10 點瞓咗啦，你開兩日假紙畀我得㗎喇，便秘好小事啫。

醫生：咁樣開唔到假紙⋯

女：我教你，你照寫，寫我 URTI（上呼吸道感染）就得啦，公司唔會 Check。

醫生：開唔到。

女：我教埋你點寫，你都唔識寫？

醫生：唔係我唔識，係我開唔到畀你。

女：寫幾隻字咋喎。

醫生：開唔到，請你出去。

女：唔係喎，你簽個名得啦，我自己填呀！

醫生：開唔到，請你出去！

女人出到嚟好唔忿氣，細細力拍咗幾吓枱同我講：點先可以有假紙？我病都唔畀假紙，我好劫又唔畀假紙，你醫生係咪有問題？

我：醫生冇問題。

女：喂！簽個名咋喎，有幾難呀？我有畀錢佢賺㗎嘛！

我：唔好意思，我哋唔係賣假紙。

女：咁打開門口做生意唔係要賺錢咩，寫幾個字有幾百蚊收，都唔做？

我：醫生都有權拒絕。

女：的士都唔可以拒載啦！佢而家咁一定係犯法！

犯咩法呀？上到庭，法官仲有可能表揚醫生唔同流合污呀！你便秘谷上腦呀？🤍 4,520

case	symptom	花 生 油
#40	remark	

有日有個廿幾歲仔到診所登記話要洗耳仔⋯

入房後，醫生 Check 完佢耳仔講：你咁嘅情況要去專科洗耳仔喎！

佢：你呢度門口寫住有得洗耳嘅？

醫生：係有得洗，不過係啲比較輕微嘅 Case，用水沖到嘅先得，你呢啲要用其他方法⋯

佢：你同我洗咗先啦，專科好貴㗎！

醫生：你入面都塞晒，用水洗唔到㗎！

佢：咁可唔可以幫我撩耳仔？我平時都係咁撩！

醫生：我唔建議採耳，因為耳垢會因為採耳而越推越入⋯

佢指住跟症嘅我講：佢呢？可唔可以撩耳？

醫生：姑娘唔做呢啲！

佢：專科一次好貴㗎，醫生有冇其他方法呀？

醫生：你可以先試吓滴耳油，睇吓有冇可能溶到佢啦，不過都係建議你去專科！

佢：油我試過啦，滴咗成個月都冇乜用咁，聽嘢仲越嚟越唔清⋯

醫生：其他醫生開咗耳油畀你用？

佢：冇呀，我冇睇過其他醫生，啲人話油可以溶耳屎，我咪早午晚都滴囉！

醫生：你自己去藥房買？

佢：唔係呀～阿媽煮飯嗰啲油。

醫生：唔係隻隻油可以咁用，你用乜嘢油？

佢：花生油囉！我阿媽次次同我倒一匙羹落去㗎！

我即刻擰轉面忍笑！點解要用最大味嘅花生油？不如嗌你媽媽轉橄欖油…

佢好認真咁講：你哋開耳油畀我咪又係油！我溶到就唔使畀錢你啦嘛，而家塞住晒先要搵你啫，平時我好少睇醫生㗎，醫生你估你洗唔洗到？咁我咪唔使搵專科囉？

阿仔，有時呢啲錢當增進知識啦，起碼你唔會再叫你媽媽倒花生油嘛… ♡ 3,519

case	symptom	
#41	狐仙	
	remark	

一個女仔走嚟診所問：姑娘，你有冇狐粉買？

我：狐粉？冇呀。

佢：臭狐粉喎！

我：冇呀，診所冇呢隻嘢…

佢：咁有冇藥食㗎？

我：都冇…或者你要唔要登個記，入去見醫生，等佢畀啲建議你？

佢：唔使收費？

我：要啊，入得去見醫生就要收費…

佢：你可唔可以幫我問醫生有冇方法可以解決臭狐呀？

我：我答你唔到，要你入去同醫生講嘅。

佢：你代我問唔使收費呀嘛？

我：我唔會代你問…

佢：咁你幫我問用膝頭磨胳肋底可唔可以醫到臭狐呀？

我：膝頭磨腋下？點磨？

佢：就咁磨囉！

我：邊個教你㗎？

佢：上網見人話 Work 㗎，好多人試過得㗎！

我：我幻想唔到個動作係點…

佢即刻坐上機，左腳戙高踩住機面，將左手伸出，左膝掂住左腋下，喺度左左右右移動：咁樣呀，係咪 Work 㗎？

醫生喺 CCTV 望見佢咁樣,召喚我入房問佢喺度做乜。

我話:醫臭狐喎…

醫生:傻咗呀?嗌佢返屋企做啦!邊得㗎!

我出返去,個女仔問我:係咪問咗醫生喇?Work 唔 Work 呀?

我:醫生嗌你返屋企先做…

原來真係有人上網教膝頭磨腋下可以去味,成效唔知真唔真……

👍 3,098

case	symptom	牙 醫 定 西 醫
#42	remark	

一個男仔嚟到診所登記完…

坐咗十幾分鐘後問我：呢度睇得牙㗎可？

我：呢度西醫…唔係牙科～

佢：咁…呀………即係睇得？

我：你去搵返牙醫啦。

佢：吓？牙……醫………呀…………好貴㗎喎，仲要 Book！呢度睇唔得咩？

我：你啲牙乜事？

佢：嗯……………其實冇乜事，好似蛀咗牙。

我：蛀牙呢度西醫都幫唔到你補…

佢：唔係搵嘢補返就得？

我：呢啲係牙醫做。

佢：咁你哋做唔到？

我：做唔到。

佢：咁…呀………………你哋補唔到牙咩？

我：唉呀～西醫呀，我哋係西醫呀…

佢：西醫唔可以睇牙嘅咩？

點呀，無限輪迴完未呀？一拳打甩隻牙罷啦！可怒也！ 👍 2,584

case	symptom	
#43	remark	第一次相睇

有日熟客婆婆如常喺度睇我執藥出藥，佢問我：阿妹你結婚未？

我：未呀婆婆。

佢：你都唔細啦，舊時我廿歲仔都生埋咯。

我：婆婆好命好幸福嘛，我都想好似你咁幸福呀。

佢：咁你做我孫新抱呀！

我：吓？

佢：我孫仔好乖㗎，又靚仔又孝順，日日喺屋企陪我㗎！

我：係呀？

佢：佢未拍過拖㗎，仲好純品！

我：哦⋯

做乜呀？真係做媒人呀？

佢：我晏啲叫佢落嚟搵你呀！

我：婆婆唔好呀，我返緊工㗎！

後面班同事醫生已經不停喺度笑⋯

佢：唔，好快㗎咋，見一見啫！

佢急急腳走了，我喺度做咗一年都未見過佢行得咁快…

一個鐘後，婆婆真係返嚟…真係帶埋個男嘅嚟…但係…我幻想破滅咗，說好的靚仔呢？而醫生同同事喺後面繼續忍笑…我就滴緊汗……

婆婆：阿妹，我個乖孫呀…係咪好靚仔呀？

我：婆婆…我真係做緊嘢…

佢推個孫仔上前：講嘢啦嘛！

孫仔低頭，我只可以望到佢個好似兩星期冇洗過頭嘅「髮餅」：你…你…你…好呀！

一講完句你好，個孫仔轉身跑走…婆婆追住出去大嗌：你個死仔包又走！

同事 A：我嫁咗，佢都要介紹個孫畀我識呀！

同事 B：佢問我個女幾大嗉呀！

醫生：佢問我太太有冇嫁唔出嘅家姐細妹…

啊！原來唔係得我一個試過！👍 3,517

---

comments

Evan Wong
阿婆走得快，肯定有古怪！

Ma Chung
「日日喺屋企陪我㗎」……一聽覺得一定
「出事」！宅男一名 XDDDD

Franco Lam
阿婆上次叫我落診所介紹個女仔我識，原來係
妳……想知我走嘅原因嘛？

case #44	symptom	不可能的任務
	remark	

一個廿幾歲女仔到診所問我：姑娘，你哋有冇減肥藥？

我：冇啊小姐。

女：咁有冇得寫醫生紙出去買？

我：都冇啊⋯唔好意思。

女：咁⋯有冇得轉介我去啲咩醫學美容抽脂減肥？

我望一望佢，目測應該 250 磅以上，抽脂⋯一次可以抽到幾多？仲要搵命博⋯

我：小姐，都冇啊⋯

女：姑娘，你可唔可以認真啲幫我？

我：對唔住，唔係我唔幫你，而係我哋診所真係冇，我哋只係普通科診所⋯

女：我去過晒附近啲診所，你哋個個都唔幫我，我要 3 個月內減 100 磅呀！

吓？100 磅？唔係嘛？點減呀？抽脂都唔得啦！3 個月喎！平均一個月要減 33.33333333 磅？

我：小姐，3 個月減 100 磅唔健康啊，你要注重身體健康，如果唔係減到失去健康就得不償失啦！

女：我夠知啦！我要結婚嘛！一世人一次咋！

我：恭喜你，不過都唔可以咁樣減肥…或者你去搵營養師睇吓幫唔幫到你啦。

女：佢話3個月內減唔到100磅就唔娶我呀！

我可以講咩？我Load唔到呀屌！呢啲係唔係典型甩拖橋？

女：你有冇辦法可以幫到我呀？

我：你望吓我咁多肉，我講點減肥都冇說服力啦吓嘛…你搵專業人士幫手啦…

女：咁又係……

我望住佢拎住袋麥當勞外賣嘅失落背影行出診所…咪住！！減肥仲食乜麥當勞呀？♡ 4,122

case	symptom	果欄俊哥
#45	remark	

有一日天時暑熱，診所坐滿客…突然有個男人衝住撞門入到診所大嗌：畀個電話我！我要打電話！

嗰時我冇醒起電視廣告「嗰度咪有電話囉」，就咁借咗………診所無線電話畀佢。

呢位男士行到去坐位區，不停揮動手，好似示意一位太太「彈開啦，本大爺要坐呀！」咁…太太一起身，隔籬幾個身位嘅人都同時起身，男士原地抓咗幾嘢，抽一抽佢條就甩嘅褲，好滿意咁坐低打電話…

電話應該接通了，佢好大聲：喂！今日乜環頭呀？你老Ｘ呀，俊哥都唔Ｘ嗌聲，唔Ｘ識我呀？果欄有Ｘ邊個唔射我三分！嗌俊哥呀！Ｘ你老Ｘ！（下刪好好好多俊哥嘅出現…）

因為聲浪太大加上佢已經滔滔不絕咗5分鐘，企喺度嘅客人面色都好驚（我都好驚），影響到其他人…

我唯有開聲：唔好意思，先生，請問可唔可以細聲少少…咁會影響到醫生睇症…
佢即刻企喺身，碌大對眼：你見唔到我講緊重要嘢咩？！

妖你，有幾重要，講嚟講去三幅被，都係俊哥呀，果欄呀，好勁呀？

我：真係唔好意思呀先生，因為診所得一條線，你傾咁耐 Hold 住條線會令到啲病人打唔入診所電話㗎⋯

佢立即衝埋嚟登記處，一手將電話掟落嚟：借陣電話都嘈生晒！我認住你！

媽呀⋯老闆呀⋯我嚇到瀨咁濟啦，果欄俊哥我求你放過我啦⋯我打份工咋，希望你有善忘症，行出門口就忘記咗我乜樣啦⋯唔好搵人打我呀俊哥⋯

佢走咗後，我好奇心驅使下想知頭先邊個，係男定係女俾佢插到咁金⋯我撳咗電話嘅重撥⋯

電話另一邊傳來：歡迎使用香港天文台嘅打電話問天氣系統�⋯⋯

👍 5,038

comments

> **Yvonne Tse**
> 生活盡是吹水般的事情發生⋯

> **Ivy Ma**
> 俊哥演技唔錯喎，連打電話問天氣都咁有霸氣！

case	symptom	痴女
#46	remark	

一 Pair 情侶嚟睇醫生，要睇醫生嘅係女…但登記拎藥就乜都係個男嘅做，女就擘大晒對脾坐喺度篤電話…到畀錢時，個女人突然指住我大嗌：你做乜望住我條仔？

嚇鬼死咩！咁大聲！我冇理佢，照做自己嘢找錢畀佢男友…
女又大嗌：你望夠未呀？

我都係冇理佢…個女人終於唔再坐喺度，衝埋嚟我個位手指指講：我問你望夠未呀？你望乜呀？

我仍然冇回應…明知講乜都死…講乜都係俾人屌…

個男嘅係咁拉個女人走，女嘅下身好似落地生根咗…死都唔走～仲重複講：我問你嘢，你唔識答人㗎？你做乜係咁望住我條仔呀？你想勾引佢呀？你當我死㗎？你照吓鏡先啦！

掉那媽呀！我勾引個大叔嚟做乜呀？出面啲客開始叫個女人冷靜啲，話聽唔到睇唔到姑娘有做啲乜～

個女人仲不停講：呢啲女人全部企喺度都勾佬㗎，你哋因住自己條仔都俾人勾埋走呀！診所請女人都係博多男人睇咋！如果唔係點會個個都係女人呀！全部都受過訓練㗎！喺度搵碼頭㗎！

有位太太忍唔住講：咁唔想俾人望，鎖佢入黑房囉！

咦，佢靜咗喎，仆街啦，佢應該思考緊個可行性…… 👍 4,226

你做咩係咁望
我條仔呀!!勾佬呀!!

鎖入黑房吖笨!!

———— comments ————

Hei-man Yu
男人心諗：「金翅仆街鳥……」

John Lau
其實點解無診所哥哥？

| case | symptom | 調教男人 |
| #47 | remark | |

一位男士同一位女士企喺診所門口討論咗一陣，我聽唔清個女講乜…只見到佢對眼碌到好好好好大，相學嚟講係四白眼…入到嚟，男人登記睇醫生，女人對眼不停死睥男的背影…定唔知係睥我……

好啦，坐低啦，個女人把口唔知係咪口痕定食緊香口膠，係咁郁係咁郁，好似有好多嘢想講又講唔出…男的一直保持沉默…

睇完醫生，女一見男出嚟就問：有冇得醫呀？

男：有藥食有藥膏搽。

女：即係乜病？

男：醫生話…係敏感……

四白眼來了四白眼來了，聲音同時扯高了！！！

女：我！都！話！你！係！敏感啦！

聲浪之大！我真係嚇醒咗…

男：我唔知嘛…

女：上次我食哈蜜瓜都係咁！我叫你食我哋敏感藥你又唔食！係都堅持要睇醫生！

男：咁我有醫療卡，公司可以免費睇…

女：唔係錢嘅問題！係你唔信任我呀！點解你要堅持呀？你公司有得免費又點呀？你知唔知呢個係一個考驗呀？公司畀醫療卡你係想睇你自唔自律，係咪懶人多屎尿，畀公司睇到你皮膚敏感都要用公司錢睇醫生，你覺得公司有乜諗法？你已經喺公司冇地位，

係一個垃圾，點解仲要咁堅持睇？

男：我諗住………

女搶答：你諗乜呀？你有乜資格諗呀？你有乜可以諗呀？你根本係垃圾！你連少少權利都唔應該有囉！你堅乜持呀？你講呀！

男：其實我…

女又搶答：其實乜呀！懶人多屎尿，搵得嗰幾萬一個月，你做得出啲乜呀？你樓又買唔起，仔又養唔起！Do you know what is business is the salt of life？（我唔肯定係咪 Salt，因為我唔識）……你做人為乜？你生存喺度為乜？你唔好死咗去？

男：Sorry…

個女繼續重複類似嘅說話…男的繼續虛心受教…… 👍 1,574

case	symptom	玩屎
#48	remark	

一位中年女士嚟到診所，登記時講到明要做身體檢查，咁大概講解後，就畀咗小便樽同大便樽佢留樣本。小便樽佢轉頭就拎返畀我，大便呢，我明的，真係唔係個個話屙就屙，你估食神咩！咁我叫佢喺屋企留咗之後先再拎返嚟診所。

隔咗兩日，佢拎大便樣本返嚟喇，有個黑色嘅膠袋綁咗個結，工作上需要…都要拆開個袋望吓啲屎係點…一開！點解？點解成個袋都係爛屎？

我眼都突埋，望住個女人講：小姐，你啲大便樣本……咁嘅？

女人：個樽太細，屙唔到落去，我肚有啲唔舒服，咪直接屙落去袋，呢，個樽仲喺袋入面㗎！

我知，我的確望到一個痴滿爛屎嘅樽！

我：但係…小姐…你咁樣 Lab 唔收㗎，你要將大便放少少入個樽度，扭實返個蓋先得㗎…淨係交個樽…唔使一袋過…

女人：咁你拎返個樽出嚟再放啲屎落去咪得囉！

你係咪痴咗線呀？三九唔識七，你要我幫你做呢啲嘢？

我：唔好意思小姐，你啲大便咁樣已經唔可以要，麻煩你自己掉咗佢去洗手間先，之後我畀過個樽你。

女人：我唔係日日有得屙㗎！你直接撩啲落去唔得咩？我覺得你

好唔合作喎，你係咪專登㗎？

你做咩搶我對白？你專登屙爛屎捉埋個樽落去畀難題我㗎？

我：都係要再留過啦，大便可以分開驗嘅，你小便同驗血報告可以睇咗先！

女人：得啦得啦…

我將第二個大便樽交畀佢，亦將佢袋屎畀返佢，並叮囑佢要拎去洗手間處理…但之後佢坐低咗喺度篤電話，袋黑色爛屎就咁放咗喺梳化度…………

到佢走時，都仍然喺梳化上面！最後，唔使問你阿爺，梗係又係姑娘執屎大消毒…

過咗幾日，佢又返嚟了，今次畀個手抽紙袋我，入面都係有個膠袋綁咗結，我又要拆禮物啦！

一望，二望，三望，再望！仆街，你玩嘢呀？屎就唔爛呀！但係唧晒出嚟呢！你想象到嗎？一嚿屎屙爆咗個樽，再夾硬輕輕扭上個蓋…蓋邊爆屎！爆屎呀！爆屎呀！

我：小姐…今次都係唔得呀，你咁樣 Lab 都係唔收㗎，上次我已經同你解釋得好清楚，係少少大便，唔係一大嚿…你只要用蓋嗰

邊隻匙羹挖少少放入去就得㗎喇⋯

女人：上次又唔得，今次又唔得，你留難我呀？

我：唔係呀小姐，係 Lab 真係唔會收一樽咁嘅大便樣本⋯

女人：咁你自己搞掂佢！

我：麻煩小姐要留第三次大便樣本啦！

女人：你哋究竟係咪唔想做我生意？

我：我哋冇咁意思，我都希望可以順利將樣本交到 Lab，只係呢個真係交唔到。

第三個樽交到佢手上⋯

過一排，我放完大假，聽到同事爆晒粗呻苦話有個女人玩到診所登記處有屎味⋯

一個大便樣本啫，唔好驗啦！直接食啦，補身呀！ 👍 4,619

──── *comments* ────

Po Chow
我做 Lab 都經常收到爆屎樽，一擰開好似開汽水咁有氣⋯⋯

Chloe Chu
其實診所係咪標明吃「低能請進」或者「智商超過 70 者請勿內進」⋯⋯

case	symptom	運桔
#49	remark	

農曆新年將近，喺診所都感受到節日氣氛⋯因為多咗人打電話問初一二三開唔開、有冇得寫定病假⋯仲有多咗好多女人話去旅行浸溫泉要拎延遲經期藥⋯

有日有個男仔身水身汗咁抬住盤桔入診所⋯我暫替佢改個好流嘅名：「屎仔」，因為佢真係好屎⋯盤桔仔好似就快砸得死佢。

屎仔：畀錢呀，$688。

我：我哋冇訂桔仔喎，係咪送錯呀？

屎仔：冇搞撚錯，$688。

我：先生，你等陣，我問問先。

因為我第一年喺度做，第一次見到呢啲咁有背景文化嘅事，所以我唔識應付⋯走入去問好似話得事嘅醫生⋯

我：醫生，出面有個人運桔喎。

醫生好專心睇緊佢班少女時代：叫佢放低寫返張單囉。

我：$688喎！

醫生對眼仍然冇離開過電腦 Mon：平啲啦，開單呀！

我人生中第一次同背景人講價，使唔使霸氣啲？拎定兩支原子筆好冇？一手揸一支，有乜事上嚟都有兩支嘢插吓嘛⋯？於是，我真係左手一支，右手又一支⋯

我行返出去同屄仔講：老闆話貴咗啲，有冇得平啲呀？

屄仔：你都戇撚鳩，$688 咁大間診所畀唔撚起呀？

我：咁………有冇得畀返張單我呀？

屄仔攤開雙手：你見撚到我有單呀？

我：…醫…生話要開單……

屄仔：六百幾銀都要開單？

我：平時我哋買支筆都要開單，醫生報稅要用到嘛…

屄仔：屌！

佢搶咗我左手支筆，拎咗張健康宣傳單張寫住雞𡃁咁大隻字「吉：$688」…

佢一手揼張「收據」畀我：嗱！$688 呀仆街！

我拎住張嘢搵醫生，叫佢畀 $688…醫生口噏噏，對眼仍然離唔開電腦 Mon：咁貴㗎好貴呀有單嘛…

醫生數咗一張 $500，兩張 $100 畀我，我交呢七百蚊畀屄仔：呢度七百，找返 $12 畀我呀！

屄仔接過錢後，個樣好開心，左揼右揼牛仔褲袋，揼到一堆散銀…慢慢數 12 蚊畀我…當中有幾多個一二毫，我已經冇理…

佢數完後好大聲講：好生意呀！！

之後就走了…而盤桔就陪伴咗我哋大半個月…

醫生喺幾個月後執啲收據出嚟報稅時問：呢張乜單嚟？

我：新年嗰陣盤桔囉！

醫生：我幾時買過桔？我年年都唔買嘅！

我：個好似黑社會…拎嗰盤桔喎…

醫生：呢張單邊係單呀？我都冇買過桔，邊個畀錢㗎？盤桔呢？

我：你囉…過咗十五畀咗清潔姐姐啦！

睇少時睇得咁入神吖啦！🤍 1,997

case	symptom	割包皮的痛
#50	remark	

一個正值血氣方剛之年嘅男仔一朝早喺診所門口等開門…我開門時，佢跟埋入嚟，因為診所未夠鐘開門，我只係早啲返去執吓嘢開定冷氣…所以我同佢講：先生，我哋未開門㗎，仲有半個鐘先開門…

佢：唔緊要呀，我唔介意坐喺度等…

其實我有啲介意…但見佢可能好病，又真係冇可能踢返佢出門口嘅，就由佢坐吓啦。佢可能見坐到悶悶地，就問：姑娘，你有冇試過割包皮？

你見到我唔小心跌咗條 J 出嚟？定你覺得我係一個著住制服裙嘅痴漢……？

我：先生，我冇得割㗎，我都唔係男人…

佢：吖！係喎！對唔住對唔住，我最近唔夠瞓，講嘢都一嚿嚿，我係想問你有冇朋友試過割包皮？

我：呢啲應該冇男人會同女人傾啩…有都唔知啦…

佢：我早兩日割咗，真係好撚痛！

我應該畀咩反應好？

佢：醫生開咗啲荷爾蒙畀我食，話食咗會好啲…但係我唔覺，一瞓覺就扯到行…扯住個撚頭真係好痛…

我仍然唔出聲，根本搭唔到嘢！

佢：姑娘呀，你知唔知有咩方法唔扯旗呀？我痛到瞓都冇得瞓，幾晚都唔敢瞓低，要坐喺度瞓…

我：唔知……你等醫生返先問醫生啦…

佢：醫生割過包皮呀？

我：唔知呀…

佢：唉，如果醫生有割過都起碼明我有幾撚痛呀，真係痛過生仔！

其他姑娘呀醫生呀，你哋快啲返嚟啦，我唔想聽佢係咁講點樣扯爆個撚頭呀！我冇 J 聽到都覺得陰陰痛咁呀…… ♡ 2,523

case	symptom	乳房檢查
#51	remark	

兩位年齡約四十至五十歲的女士嚟到診所，女士 A 直入登記處問：
你哋嗰個女醫生嚟？

我：今日係男醫生，後日先有女醫生。

女士 B：會做身體檢查嗎？

我：兩位醫生都會做啊，小姐想做邊種身體檢查呢？

女士 B：女人做嗰啲同膽固醇嗰啲嘅啦！

女士 A：全身嗰啲嘅啦！

我：如果想做婦科檢查我可以幫你哋 Book 由女醫生做。

女士 B：今日係男醫生嘛？男醫生做得唔得？

我：可以，我幫你哋登記先。

A 同 B 都拎晒身分證出嚟畀我登記，我一路入資料做登記，佢哋
一路講⋯

A：Check 乳房要唔要除衫？

B：可以唔除㗎咩？

A：咁男醫生㗎嘛，除咗咪畀佢睇晒囉？

B：唔除點 Check 真呀？

A：胸圍都要除㗎？

我：小姐，如果係覺得唔方便，我可以安排後日由女醫生檢查㗎。

A：唔使啦，問吓啫，咪益吓醫生囉。

嘩！賣大包呀？撞鬼囉！咁都講得出？

A：姑娘呀，Check 乳房由男醫生做係咪唔使錢㗎？

我：吓？唔係啊，男女醫生都要收錢㗎，係一個檢查收費嘛。

A：我俾男醫生摸仲要畀錢？

我：你檢查㗎…

A：我俾佢摸，益佢啦，佢仲要收我錢？驗血同膽固醇就照收錢啦你！

B：我都順便俾醫生 Check 埋呀！

我：兩位，無論咩檢查，醫生都係要收錢的，我同你哋安排女醫生啦。

A：你嗌醫生出嚟望吓我哋兩個先啦，可能佢想摸喎！

他媽的，你哋做乜春呀？偷拍玩勾引醫生定想捉黃腳雞呀？坦白講，我可以大膽假設，代表醫生回覆：我摸自己屎忽好過摸你兩粒雞蛋仔啦！🤍 2,703

case	symptom	處女懷孕
#52	remark	

一位廿多歲的女子到診所問：姑娘，有冇通經針打？

我：有啊，不過要驗咗孕先可以打，你留咗小便畀我先吖。

女：驗孕要唔要另外加錢？

我：要啊，通經針 $250，驗孕 $150，即係一共 $400。

女：我唔使驗孕，淨係打通經針得啦。

我：唔可以啊，一定要驗咗孕先可以打得。

女：我從來都冇搞過嘢，唔驗都得㗎。

我：驗孕係正常程序，亦係必須的，如果唔驗就冇辦法見醫生打通經針。

女：我都話我冇 Make Love，M-A-K-E L-O-V-E，冇可能驗到有，我唔想畀多 $150！

我：總之驗咗冇懷孕，先可以打針，冇得拗…

女：我根本冇做愛，點有 BB，姑娘你聽唔聽得明我講嘢？

我：我個個字都識，都聽得明，只係呢個驗孕係正常程序。你唔留小便唔驗，就只可以繼續企喺我面前，我都唔想。

女：唉，都話咗冇，係都要迫我畀多 $150，你哋係咁樣搵食㗎咩？

我：小姐，咁你驗唔驗？

女：都冇得揀啦！驗囉！

我：咁麻煩小姐到洗手間，頭同尾小便唔要，只係留中間少少小便就可以，留咗後扭實蓋放入袋交畀我。

女：哦！

隔一陣，佢返嚟了，我拎佢小便去驗孕…結果…係兩條線…

我心諗：即係點？處女懷孕？唔係嘛？俾人迷姦咗唔知？咁大鑊？

我再拆多支驗孕去驗，兩次都係一樣結果…姑娘講咩都係大話，講咩都係唔夠醫生有牙力，所以我拜託醫生見一見個女仔，將個結果話畀佢知…

入到房，醫生：小姐，驗孕顯示你有咗嘅，最後經期係幾時？

女嘅呆咗幾分鐘，之後企起身大嗌：啊！！！啊！！！啊！！！啊！！！

醫生：小姐，冷靜啲先，有冇嘢幫到你？

女：啊！！！啊！！！啊！！！啊！！！

我同醫生對望，醫生個樣真係好無奈，其實出面仲有其他客人喺度，咁嗌法真係好易令人誤會房入面係咪鋸緊人…

女嘅嗌咗足足5分鐘，你要我形容嗰種叫聲係點，我會答你：佢

好憤怒地咆哮。

點解憤怒？因為我從來未見過有人知自己有BB後唔係笑唔係喊，而係塊面五官縮埋一齊咁淨係噏…好啦，佢終於咆哮完了。

醫生問：小姐，你需唔需要寫懷孕証明畀你僱主？

女：醫生，一定係你出錯！

醫生：如果你想進一步檢查，可以寫張紙轉介你去專科。

女：我都冇搞過嘢，冇可能會有，真係你出錯…

醫生：我寫張紙畀你去專科…

女：我仲係處女，從來冇搞過嘢，有咩可能有咗？

其實個女仔咁講，我同醫生都好緊張好擔心，因為真係唔知佢係咪俾人迷姦咗……

醫生：你有冇男朋友或老公？

女：我結咗婚兩年。

醫生：咁…你哋都冇性生活？

女：冇。

醫生：點解冇呢？夫妻之間好正常㗎喎。

女：我老公次次摸吓錫吓就瞓咗，從來冇搞過嘢㗎我哋…

醫生：咁…你哋兩年嚟都冇性交？

女：醫生…我哋真係冇搞過嘢，我老公次次掂我，就唔知點解會

瀨尿，之後佢就要去廁所換褲，咁我就瞓喇。

醫生：瀨尿？

女：係啊，次次一除褲，一掂到我就瀨尿…

醫生：你可唔可以講吓個過程？

女：次次我哋熄燈瞓，老公就手多多，咁…摸吓摸吓…佢將自己條褲拉低，除埋我條褲，攬住我就瀨尿啦，我都有叫過佢睇醫生㗎，咁大個人成日瀨尿應該有問題啦！

謎底係咪解開咗？嚇得我呀！👍 3,405

case	symptom	
#53	remark	脷底含住

一位女士嚟睇醫生，跨過好多座山終於成功登記完，難題來了！

我問佢：使唔使探熱？

佢：茶葉？我唔飲茶，有冇熱檸茶？

我：我係想問你有冇發燒，使唔使測體溫…

佢：鵝……唔屎啦…

我：咁坐低等嗌名先。

佢：入得去未？

我：未得…等嗌名…

佢：拱我測吓溫先。

我拎口探探熱針畀佢：脷底含住，坐低等嗌名。

佢：物野係奶底？

我：請把探熱針放在你的舌頭下，含著它，合上你的口，坐下等叫名字…

佢伸出佢條脷…將支針放喺脷面…

我：啊…舌頭下，你這是舌頭上…

佢一路反白眼，一路郁動加伸出佢條好多黃色脷苔嘅舌頭，好似

以為反吓白眼就會由脷面變脷底…

反咗成幾分鐘，佢仍然唔知咩事舉唔高條脷…我投降了，我已經忍笑忍到癲咗…

我：不如…你唔好探啦…可能你唔識探…

佢用好堅決眼神加語氣：鵝得架！

佢繼續反白眼繼續郁佢條不舉脷……為什麼我眼前的不是 JJ…？而是女裝厚粉古癲樂…… 2,827

case	symptom	放病假
#54	remark	

話說有日轉天氣，我有氣管敏感幾聲咳，全日都帶住口罩做嘢。做診所嘅都知我哋係比常人更難拎病假⋯

我同位女士準備登記嗰陣忍唔住：咳，咳，咳⋯

女士退後兩步，掩住口鼻講：你病呀？

我：唔好意思，我有少少氣管敏感咳啫。

女士：病仲返工？惹埋畀其他人交叉感染咁點算？

我：Sorry，真係好對唔住⋯因為診所人手唔夠⋯所以⋯

女士：唔夠人手就可以喺度散播病菌㗎咩你冇常識㗎？搵第二個同我登記啦！

我：得我一個⋯

女士：嗌你阿頭出嚟！

我阿頭咪即係醫生⋯診所又唔係大，醫生都一早聽到女士講乜，咁醫生就出嚟了⋯

醫生：小姐，有乜事呢？

女士：佢有病㗎！

醫生：我今朝已經睇咗佢，佢只係氣管咳，冇乜大礙！

女士：你係醫生嚟㗎？

醫生：係。

女士：你係醫生都咁冇常識擺件咁嘅嘢喺度播菌？你唔識保障我

咄呢啲病人嘅？

醫生：如果件咁嘅嘢唔喺度今日休診啦！

女士：點解呀？

醫生：今日得佢一個登記出藥跟症，佢要放病假咪休診！好啦，姑娘，執嘢，埋數，休診啦，你早啲返屋企唞吓啦！

醫生講完呢句就入返醫生房執袋，我呆咗…

再入去問醫生：真係收工呀？但係位小姐仲未睇…

醫生：係呀，收工呀，請佢快啲走，我保證唔到你會唔會傳染到畀佢！

我：佢講吓啫…

醫生：我認真㗎喎…

我行返出去同女士講：唔好意思，醫生要休診啦…

女士企咗喺度擘到個口有咁大得咁大：吓？！睇埋我都唔得？

我：醫生話怕我傳染到你…

女士：吓？！痴線㗎？

女士走了，我埋完數，醫生哼住《別怪她》走人…就是咁樣，我好成功咁早退咗四分鐘…小姐，如果你一早嚟咪好囉！咁我就可以一早返屋企唞，咳，咳，咳！♡ 4,321

case	symptom	
#55	remark	火星龜速人

有個手持醫療卡嘅男人…簽名當雕花都算,探熱又唔識探,又算…到畀藥佢嗰陣,我講完一輪…啲藥都袋起晒,佢企咗喺度發吓呆,呆咗幾分鐘就問我:係咪走得啦我?

我答:係呀。

佢又呆咗喺度,望住我……

………

…………

元神出竅呀?

終於佢醒啦,喺藥袋入面倒晒啲藥出嚟,逐包逐包排好,每包用分幾鐘去欣賞…望住藥袋上面寫嘅字,指住一包寫明係「止肚痛」嘅藥…問我:止肚痛藥係咪止肚痛?

大鑊!IQ題?我冇IQ㗎喎!

我好尷尬咁答:咁止肚痛藥…真係用嚟止…肚…痛嘅…

佢聽到後,冷笑咗一聲…

之後又繼續發佢嘅吓呆…

…

……

………

好似突然喺佢腦海有叮一聲咁，佢又醒咗！問我：我唔知止肚痛藥係咪真係止到肚痛，我個肚㖦埋㖦埋咁痛…

我真係帶住一千萬個無奈答：嗯…咁你都要食咗粒止肚痛藥，先知止唔止到肚痛嘅…你都未食藥…

佢用個好慘嘅表情望住我…我就同佢講：不如你食咗粒藥先，我畀杯水你好冇？

佢：咁呀………………痛喎…

…

……

你好嘢！又出竅…56K 拎去直接消滅呀唔該！♡ 1,790

case	symptom	懷孕兩年了
#56	remark	

一個大概六十幾歲嘅女人到診所⋯

佢：阿妹可唔可以同我驗吓有冇懷孕？

我：你最後經期係幾時？

佢：好耐咯！

我：記唔記得係幾多個月前？

佢：起碼兩年啦！

我：你之前有冇自己 Check 過？

佢：冇呀！我覺得自己有咗好耐呀⋯

我：咁你去洗手間留少少小便畀我啊。

佢：好。

Check 後，係冇懷孕嘅⋯

我：小姐，你冇懷孕啊，你想唔想見醫生？

佢：我覺得自己有咗呀⋯

我：點解呢？

佢：我兩年冇經期嘛⋯

我：一係你同醫生傾吓，等佢同你講解呀⋯

佢：我唔同男醫生傾！

我：咁一係你聽日嚟，聽日有女醫生呀。

佢：我聽日就生點算？

……吓？生乜呀？

我：小姐，你冇 BB 㗎，你放心啦。

佢：我分分鐘陀咗佢幾年啦，你哋啲嘢唔準呀…

我：咁你聽日見唔見女醫生……

佢：唔見呀唔見呀！我聽日都生得啦！

佢講完就行出診所，錢都冇畀到，打電話同佢講：小姐，你頭先未畀錢呀…

佢：我都唔識你！

Cut 線了…咁都得？🤍 2,303

case	symptom	牙籤
#57	remark	

有日朝早八點半有個女仔喺診所門口等我開門…

我：小姐，醫生冇咁早返喎…

佢：我知呀，我可唔可以同你傾吓？我七點已經喺度等你哋返…

我：吓……咁你入嚟先講呀。

佢：嗯…姑娘，我尋晚成晚瞓唔到…

我：點解呢？

佢：我覺得我老公唔鍾意我。

點解又係搵我？

我：點解有咁嘅感覺？

佢：我次次同佢做，佢都射唔出，轉頭就用飛機杯…我問佢，佢話好 Feel 嘅…飛機杯係咪真係好 Feel 嘅？

我又冇 J，又冇用過飛機杯…點知呀……

我：可能係佢習慣啫…

佢：唔係㗎，係佢唔鍾意我！鍾意個杯多過我！佢已經俾我見過好多次喺度打飛機都唔掂我…

我：…………

佢：我一直以嚟冇試過高潮都冇嫌棄佢，佢做我都冇 Feel，我都冇出過一句聲…

我：…………

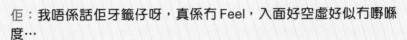

佢：我唔係話佢牙籤仔呀，真係冇 Feel，入面好空虛好似冇嘢喺度…

你咁仲唔係嗌完唱？完全係向我植入式標籤你老公係牙籤仔喎…你想我畀乜反應你？唔通你老公又周圍講你做咗擴闊隧道工程咩……

我：呢啲嘢你不如搵專業人士傾吓吖，同我講都幫唔到你…

佢：我都係想搵個人傾吓…搵人認同…

What？我認同唔落呀！我認同嘅話，你到時同老公講：樓下個姑娘都話你冇Q用呀！

咁我咪中撚晒伏？你搵三姑六婆和應你啦… 👍 2,679

case	symptom	
#58	remark	Ruby

Ruby 係我舊同事，比我遲入職…返工第二日，佢已經好積極向我打探醫生喜好…我一心諗住：呢個同事好認真呀吓，應該做得耐～我好畀心機將我所知所識嘅教佢…

有日佢同我講：寶豬，我可唔可以同你交換位做呀？

我：你唔鍾意執藥呀？

佢：係呀，我想跟症學多啲嘢呀！

我：咁好啦，下星期開始你入房啦！

佢笑得好開心，我都好開心，難得請到個咁上進嘅同事，我個十二日大假旅行有望啦！Yeah！

到下星期，佢正式入房跟症，Ruby 個樣比平日索，好明顯佢化咗妝，仲好重手…兩邊面珠好似俾人打到紅晒咁～制服都燙到好直…但係…點解？點解下身係襯黑色絲襪嘅？

我：Ruby，我哋診所…咁著唔多好呀！

佢：我咁啱冇晒絲襪，得返黑色咋…

我：咁我寧願你唔著絲襪…

佢：唔得呀，我冇剃腳毛呀！

我：咁…你 Lunch 買返對絲襪換啦…

佢：好啦～

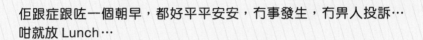

佢跟症跟咗一個朝早，都好平平安安，冇事發生，冇畀人投訴…
咁就放 Lunch…

我：Ruby 今日我哋去邊食好呀？泰國嘢？

佢：我今日唔食啦，你自己去呀…

咁我自己一個去食 Lunch，食食吓醫生打電話嚟……

醫生：喂？寶豬？

我：係，醫生，乜事呀？

醫生：你知唔知附近邊度有白色絲襪買呀？

哎呀~
我得返黑色
絲襪咋~
醫生~

我含住啖炒金邊粉呆咗…

我：吓？醫生你著呀？

醫生：痴筋！

我：嚇得我呀！我一陣食完 Lunch 幫你買呀～

醫生：好呀！唔該晒！

Lunch time 完了，我返到診所…

見到 Ruby 下身仲係黑拉拉，就問：Ruby，你仲未換嘅？

佢：頭先醫生話同我買…

我：咁我幫你買咗啦……

佢一手接過後就入洗手間換咗～

嗰刻後，多疑嘅我個腦不停諗：搞乜呀？唔同我食飯，但係醫生又打嚟代問邊度有絲襪買？呢兩個鐘…佢哋做過乜？

自從呢日後…Ruby 長期跟症，早餐日日都幫醫生買埋，Lunch 永遠得我自己一個出去食，收工永遠我要走先…

到大概一個月左右，我見 Ruby 都對診所啲嘢上手，我就 Plan 去旅行～好開心咁揀機票酒店～ Yeah yeah yeah！

突然有日朝早 Ruby 冇返工亦冇通知…我打電話搵佢…

我：Ruby，做乜今日冇返工？冇事嘛？

佢：寶豬，我辭職啦，唔想做啦…

我：吓？做乜事呀？你咪做得幾好？做乜突然唔做呀？

佢喊起上嚟：寶…豬…嗚嗚嗚…醫生佢話唔想娶我…冇將來要分手呀！

娶乜春話？你講個醫生係咪我個老闆？點娶呀？咪一早有老婆囉？生完 BB 冇耐咋喎？

我：Ruby，你係咪有誤會？醫生佢結咗婚㗎啦…

佢：嗚嗚嗚嗚，佢冇同我講，我哋一齊咗成個幾月…佢仲話好鍾意我…我真係想同佢一齊㗎…

我：佢有老婆㗎啦，你唔好叉隻腳埋去啦…

佢：嗚…嗚…你一早同我講佢有老婆咪唔會咁囉…寶豬…你係咪特登㗎…嗚嗚……

我：我點會咁做……

佢：嗚…你明知佢有老婆都唔同我講…睇住我踩落去……

我：………

佢：嗚……我唔做啦……

我：咁都要一個月通知啊…

佢：我通知咗你啦…嗚…

之後佢 Cut 咗我線！

到醫生返嚟，我同醫生講：Ruby 話唔做啦。

醫生：嗯。

我：醫生…我知我唔應該理你啲私人嘢…但係你哋咁會影響到診所運作，佢而家唔返，又得返我一腳踢…

醫生：貼紙請人囉…

我：嗯…

幾日後，Ruby 喺我哋收工時返嚟診所…

Ruby：寶豬，我上個月份人工呢？

我：糧唔係我出㗎，你要問醫生呀。

佢：你同我問個仆街呀！

我：你等等……

我入醫生房問醫生：Ruby 問你上個月份糧…

醫生：佢都未賠咽一個月通知人工畀我，過咗試用期就要一個月通知啦…

我講返同樣說話畀 Ruby 知，Ruby 好激動：仆街呀！我冇付出過咩？啲早餐邊個買㗎？邊個晚晚要我留喺度㗎？

屌……你哋不如自己三口六面講清楚啦！要打就打死佢啦！兩邊都幫唔落！你哋搞到我冇得去旅行！我都好嬲呀！！👍 3,673

大時大節，我老闆好唔通氣都要開工，要個個姑娘陪佢過聖誕…
望住人哋一雙一對拎病假開開心心等 12 點 01 分「扑性 Day」，
真係望到都眼淚在心裡流…

有 Pair 情侶喺度等睇醫生期間細聲講大聲笑，個女仔久唔久就會
好似抽筋咁笑：哈哈哈哈哈哈！

笑一兩次覺得你好真摯，笑多幾次想一嚿送你升天…診所嚟㗎！
理吓人感受好喎！佢兩條友傾傾吓笑笑吓，個男嘅突然好大聲好
興奮爆一句：一陣返去插死你，包你 High！

成間診所啲病人停止晒對話，個個都望住佢哋…個女仔仲喺度「哈
哈哈哈哈哈哈哈…」隔咗幾秒先留意到自己已經成為焦點…即刻
靜晒…

個男仔睇完醫生，之後再到個女仔睇醫生…兩個都係要開病假紙，
醫生唔肯開假紙畀個女仔…

我問醫生：做乜唔開假紙嘅？

醫生：個男仔咁想搞嘢，唔畀佢女朋友咪冇得搞囉！哈哈哈哈哈
哈！得佢一個放假就冇癮啦哈哈哈哈哈哈！

我相信每人都有黑暗嘅一面…包括醫生… ♡ 3,889

case	symptom
#60	男星冚檔
	remark

想當年，我仲係年輕珍寶豬時，我做過一間幾出名嘅中醫診所～好多明星姐仔，新聞主播都去睇嘅…

有日一個男人到診所登記後，見到成間診所企滿人就問：仲有幾多個到我？

我：廿六個。

佢碌大對眼，用手指公指向自己心口：你知唔知我好忙，仲要趕住返去拍嘢，攝啦！

我冇畀任何反應佢，直接入老闆房請示…當然，多數啲仆街老闆都至叻自己把口乜都 Say no，順手就推個細嘅出去做炮灰，人工包埋㗎嘛！

我出到去：先生，醫師話攝唔到位，你都係要等吓先。

佢立即標童了：你有問到咩！你知唔知我係邊個呀！知唔知我時薪高過你月薪呀！喺度浪費我時間！你打份呢啲工就唔好扮有權力話到事！你哋呢啲做護士都係醫生啲私家窿咋！搵得嗰啲啲慘過企街！好做唔做同人執屎，想食屎咪去公廁囉！

當時全診所啲人都聽到，包括醫師同其他姑娘…

我咬住嘴唇好好好好想忍，但係忍唔到：先生，你把口好很臭，可唔可以唔好再講嘢？

佢：我臭？你知唔知我係邊個！我臭？你話我臭？

佢隻食指不停篤我膊頭重複講：臭？臭？臭？

我：唔該你咪再篤呀！

呢個時候，醫師開房門出嚟講：XX 先生到你啦！頭先咪同姑娘講下個到你囉！

到睇完呢位尊貴客人後，一直喺房嘅姑娘同我講：佢頭先係咁投訴你，仲嗌老闆炒你呀！

第二日我返到診所開咗工一個鐘，老闆娘就炒咗我嚕～ 👍 2,091

comments

Aggie Yip
EQ 係咁樣練成的…

Lee Ch
忙？邊撚度忙呀？睇過睇過？
呢度冇人識你呀！

Charlie Tsang
真係難聽過粗口……

case	symptom	
#61		Hi Auntie
	remark	

一個新症 Auntie 喺 9 點 45 分到診所，登記前我同佢講：今日醫生要 10 點半先返。

佢：哦，好呀！

咁我照同佢做新症登記：好啦，登記好啦，你可以 10 點半返嚟～

佢：如果我 12 點嚟會唔會太遲呀？

我：12 點 50 分前到就得啦，咁我而家同你取消排隊先，到時嚟到先再排。

佢：要重新排過喋？我而家排住先呀，12 點嚟呀！

我：過咗五個人嘅話都係要重新排過，而家先 9 點幾…

佢：但係 12 點嚟到要即刻有得睇呀，我唔等喋，我有約呀！

我：一係你一陣 10 點半準時返，咁你就一定係第一個～我哋冇得預約幾點睇，個個嚟到都係排隊。

佢：我有醫療卡喎！

我：你到時嚟到等睇醫生先畀卡我啊。

佢：醫療卡冇優待咩？冇得即刻睇喋？

我：你收張醫療卡嗰時，有人同你講張卡有優待？

佢：唔使畀錢就可以睇醫生囉。

我：嗯，咁你晏啲返嚟排隊啦，或者坐喺度等醫生返都得。

佢 Show me the card：我呢張卡㗎喎！

我：嗯。

呢個時候，有第二位嚟登記，所以我同佢講：小姐，我同你登記完㗎啦，你可以 10 點半返嚟㗎啦。

佢成碌葛咁企咗喺度…郁都冇郁過，喺度唔知望乜…後面嗰位就唯有喺佢側邊放低覆診卡同醫療卡畀我登記。

Auntie 一見到人哋張醫療卡話：呢張係咪好啲㗎？要唔要排隊㗎？

我：小姐，張張都要排隊，先生都要排隊㗎……

佢擰轉身同先生講：你呢張係咪金卡？係咪 VIP 先有㗎？點申請呀？

先生冇出聲……

唔是 VIP 呀，唔是 VIP 呀！診所邊有 VIP 㗎，唔通仲有儲積分計劃咩…睇得多，折得多，平得多咩………我話有，你都 Hi 我 Auntie 啦！哚哚哚！🤍 2,049

case	symptom	禽流感
#62	remark	

一個叔叔到診所，問我：喂！有冇禽流感針打呀？

我：禽流感？我哋冇禽流感針打㗎，得流感針，你係咪想打流感針呀？

佢：我要打禽流感呀！我老婆嗌我嚟打㗎！話得香港先有，香港嘅先信得過！

我：香港冇禽流感針打㗎……

佢：呀！你哋係咪歧視我呀！唔俾我打呀？

我：唔係呀…係香港真係冇禽流感針，都冇呢隻針存在…

佢：大陸都有，你哋都冇，咁冇進步呀你哋！

我：嗯………

佢：你係咪呃我，見我係大陸嚟先咁講？定係你唔識呀？

我：係根本冇呢隻針，你去幾多間診所問都冇㗎…

佢：冇可能！我嚟之前問過幾間都有！係得你話冇！你冇進步！

我：咁…你去嗰啲有嘅診所打啦…

佢：而家唔係你有冇得打嘅事，係我覺得你歧視我！我要投訴你呀！你嗌上頭嚟！你態度好差，一支針都話冇！

唉，又要驚動醫生，醫生講返同一番說話，你就「哦，原來係咁，唔該晒！」…你入嚟係咪為娛樂自己㗎？點睇都係你歧視我多……

♡ 2,512

case	symptom	為呢Sample可以去到幾盡
#63	remark	

一位妙齡女仔嚟到診所，望到我啱啱收貨嘅奶粉 Sample。

佢：喂！啲奶粉唔要㗎？

我：唔係呀，我入返箱啫。

佢：入晒箱都係掉啦，真係嘥料！

我：我唔係掉嘅…

佢：都係掉啫，我幫你清咗佢！

我：我都話唔係掉…

我心諗，真係辛苦晒喝…

佢：唔掉即係賣啦！我報海關！

我：關海關乜事…我畀診所客嘅…

佢：而家我咪係你客囉，畀我囉！

我：你一陣睇完醫生，我會放三包落你袋藥度～

佢：三包？你當我乞兒呀！三包要嚟把撚呀！

我：唔好意思，平時我畀兩包咋，其他客都冇咁講過…

佢：乞兒就要！得幾包有撚用呀，試味都唔夠啦！醒啲啦！瞓撚醒未？

我：………

佢：喂！講嘢啦！啞撚咗呀？

我：咁你想要幾多包？

佢：成箱囉！

我：Sample 呢啲嘢人人有得試吓好啲，冇可能一箱畀晒一個人…

佢：叫佢哋同我買囉！我丫烏有得賣！

我：Sample 係非賣品…

佢：X 你！牛頭唔搭馬嘴，抵你一世冇發達，做雞啦你！我賣關你春事咩！

我忍我忍我忍！

我：唔好意思呀，小姐…真係唔得！

佢：死雞婆，去含 X 啦！要你一箱阿支阿左！嗌你去死咩！講嘢唔用腦！你都 On9！

講到走…佢都只不過係一個路人甲，從來冇喺診所登記過…冇睇過醫生……👍 2,819

case #64	symptom	思覺失調
	remark	

我之前做過一間收好夜好夜嘅診所…有日有個女人入嚟登記睇醫生，全診所得佢一個等睇…因為夜夜哋，醫生食咗腦輕鬆個人好輕鬆咁釣魚…30分鐘後，終於見得醫生…

我：可以入啦。

女望住我講：我呀？

我：係呀，得你一個，梗係你啦。

佢指住另一邊嘅空櫈問我：咁佢呢？

What？？？！！！！

我：邊個佢呀？

女：佢喺度好耐啦，唔係佢睇先咩？

咪嚇我喎！！！！

我：唔好玩啦，得你咋！你快啲入去啦！

佢口噏噏行入房：迫我打尖，佢睥住你喇…

入到房，佢仲同醫生投訴我唔理另一個客…醫生望一望CCTV……冇人……唔好睥住我啦！嚇L死我啦！ 👍 2,707

Royie Ding
你應該同佢講:「哦,唔使理佢,佢晚晚都係呢個時候嚟坐㗎啦!」

Dennis Heung
通常咁,肉眼見唔到,CCTV 影到,先係最堅的……

case	symptom	不要脫
#65	remark	

一朝早，醫生未返⋯有一個未曾睇過嘅女人入嚟診所⋯

女：我要登記。

我：醫生 11 點先返，而家登記咗先，食個早餐再返嚟都得～

女：嘩！咪仲有成個鐘！

其實我聽力正常，唔使咁大聲嘅。

我：係啊，所以你可以登記咗先，之後 11 點先返嚟。

女：嘩！成個鐘喎！咪有排等！成個鐘呀！

我：係⋯呀⋯

之後佢冇登記出咗去⋯相隔 10 分鐘，佢又嚟～

女：我唔睇醫生幾多錢？

我：唔見醫生齋坐喺呢度唔收你錢⋯不過快餐店冷氣涼啲，你不如去嗰度坐～

女：唔係呀，我要見醫生呀。

我：咁你頭先又話唔睇醫生？

女：係呀，唔睇醫生呀。

我：即⋯係⋯點⋯？

女：我唔睇佢，佢睇我囉！

你嗡乜呀，九唔搭七，未啪丸呀？

我：佢睇你…咪即係睇醫生…診金都要收…

女：唔係呀，我畀佢睇呀！我唔要藥呀！

我：咁你睇醫生，又唔要藥，睇嚟做乜…

女：都話係佢睇我囉！

我：…………

女：我曬傷咗，過咗好耐都未好，我覺得好辛苦，返唔到工，要拎返幾日假唞吓啫。

我：嗯…咁要睇咗醫生先知寫唔寫到假紙畀你呀。

女：我都話唔使睇佢囉，我真係曬傷㗎，我除畀你睇呀！你睇吓！

佢真係一路講一路除…

我：唔好除唔好除！我唔係醫生，我睇都冇用，你留畀醫生睇呀。

女：佢幾時睇？係咪可以唞幾日？最耐可以唞幾多日？

我：佢11點返，假紙未必寫到嘅…醫生認為你需要放假先寫嘅…

女：我真係曬傷呀，你睇吓你睇吓！

我：你唔好再除啦……我睇冇用㗎……  2,845

case	symptom	包皮環
#66	remark	

一個男仔打電話到診所，聽到佢把聲應該係好不安…

男：姑娘！救命呀？

我：咩事呢？

男：我淘寶呢…淘咗個包皮環…

唔係又性騷擾電話嘛？淘乜話？

我：乜嘢事…

男：我女朋友…佢…佢…

我：先生，如果你有任何問題，不如直接嚟問醫生…

男：佢好似食咗我個環…

我冇聽錯呀嘛？食咗個環？無啦啦做咩食？

我：食咗個環？你嚟見醫生問醫生啦好冇？我畀唔到任何意見你
㗎…

男：唔得㗎，佢唔敢見醫生呀，姑娘你教吓我哋點做呀…

我：見醫生問醫生…

男：會唔會屙得返出嚟㗎？

我：消化咗可能咩都冇喇…我都唔識…

男：膠消唔消化到？

我：唔知喎…胃酸夠唔夠力消化我真係唔知…去急症啦…

男：下面有胃酸㗎？

我：乜嘢下面？唔係食咗咩？食咗照常理咪落胃囉？

男：唔係呀！喺下面呀！我扑嘢嗰陣唔記得除個環，佢下面食咗我個環呀！係咪消化咗呀即係？

消你籮柚咩！消化到嘅話你細佬成碌被消失啦！痴膠花㗎你！

我：下體…唔會消化到…你哋去急症拎返個嘢出嚟啦…

佢：我女朋友話屙屎用力可能屙得返出嚟呀！姑娘，屙唔屙到㗎？

我：究竟你哋係行前門定後門…

佢：痴線！我唔玩屎眼㗎！

我：你女朋友用前面排便㗎咩…排便後面㗎嘛！去急症拎返出嚟啦！

佢：屙唔到㗎？咁…咁…去急症會唔會畀人笑㗎？

電話另一邊的我，只可以送上無限祝福，希望你哋塊面未黃得晒…

♡ 4,188

case	symptom	捉姦
#67	remark	

一位太太氣沖沖嚟到診所，直入登記處，「啪」一聲放低一張身分證。

我拎起張身分證望：小姐，係咪幫人登記？佢大約幾時嚟到？

太太：你同我 Check 吓佢呢年入面有乜日子係拎咗病假，寫低畀我！

我：吓？小姐，唔好意思，我哋唔可以咁做㗎喎⋯

太太好激動拍咗一次枱：點解唔得呀？

我：因為所有病人都係有私隱，我哋唔可以向病人以外嘅人透露嘅⋯

太太拍第二次枱：我係佢老婆！我又拎住佢張身分證！仲係咪要講私隱？

我：真係好對唔住⋯都係唔得嘅，或者你叫佢本人親身嚟診所啦～

太太第三次拍枱：我而家要知呀！我叫得到佢嚟就唔使我自己嚟啦！我要知個衰佬有幾多日為咗個八婆請假呀！

頂⋯⋯又係捉姦，男人你真衰⋯⋯

我：對唔住呀小姐⋯

太太開始喊：我要知呀我⋯要知⋯呀我要知⋯我⋯要知呀⋯你幫吓我啦⋯我成頭家散⋯咗啦⋯都係因為個八婆！

我：小姐，你冷靜啲先…我呢度真係冇嘢可以幫到你…好對唔住…

太太：你寫幾隻字啫……幫吓我啦…我唔會講係你寫嘅…

出面咁多客望住，個個都知係我啦…

我：對唔住小姐…真係唔可以…

太太：大家都係女人，你咁小事都唔肯幫我，你老公遲吓一定畀人搶…你都冇好下場！

太太喊住行出診所…我都就快喊，大家都係女人，做乜咒我啫 ？

👍 2,962

case	symptom	
#68	remark	話你戇鳩怕你嬲

有日一對男女嚟睇醫生，男人個樣完全係典型毒撚，女人略有蒲味。女人自己登記完，就坐低同個男人傾計，初初細細聲，傾傾吓就好大聲。

女：射呀嘩！射得咁快呀嘩！而家點算呀？我有咗咁點算呀！你做乜射呀？

男的一直低頭不語……

女：你可唔可以做返個男人負責任呀？今次有咗我一定落，我唔會同你生！我愛你但係我唔要生！

男的繼續沉默…女就好唔耐煩，不停眼超超。

女：今次你話點算呀？你知唔知我好辛苦？我去落仔都係好大傷害！你畀返幾萬蚊我呀！

個男終於有反應：吓？幾萬蚊？

女：屌西唔使畀錢呀？你而家仲要搞大我個肚呀！幾萬蚊補身都要啦！落仔好傷身㗎！

其實一開始已經好多病人望住佢哋，落仔前落仔後，家陣好馨香咩，細聲啲啦妖你，返屋企兩個自己打死去啦！

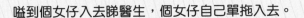

嗌到個女仔入去睇醫生，個女仔自己單拖入去。

醫生：今日有啲咩唔舒服？

女：醫生，我想問有冇驗孕？

醫生：有呀，你最後經期幾時？

女：咁你有冇用咗嘅驗孕棒？

醫生：咁問係乜意思？

女：唔係我驗呀，我淨係想要支有兩條線嘅驗孕棒。

醫生：吓？

女：我自己驗咗得一條線，我想要兩條線嘅，你照賣畀我啦！

醫生：我哋冇得賣。

女：今日冇人驗過？有嘅可唔可以 Call 我呀醫生？

醫生：幫唔到，請出去。

女：畀支棒我都唔得？

醫生：任何屬於其他病人嘅，我哋都唔會交畀其他人，請你出去。

個女仔口噏噏行出去，一出到去，就喊，係大喊！

女：嗚！醫生話我有咗呀！你正衰人！你叫我點算呀？

男：吓？吓？吓？

女：你要負責任呀！

我望住男仔個樣，覺得好可憐，但係我公司又講明閒事莫理，好掙扎好掙扎……

我忍唔住開口：小姐，你都未留小便畀我驗孕，醫生未知你有冇懷孕啊，不如而家去洗手間留小便畀我先。

男同女立即停咗口，擰轉頭望住我…仆街呀，左邊男人個樣好委屈好想我打救佢咁嘅眼神，右邊女人個樣直程想一嘢打撚死我…

我揀左邊好定右邊好？我 Load 咗好耐，都覺得係正氣長存！毒撚！你自己執生啦！

我：小姐，唔知你仲會唔會驗孕呢？
女：頭先冇驗咩？
我：你都冇小便畀我，點驗呢？篤手指驗唔到㗎。
女：哦…畀個樽我啦！
我：嗯，好嘅，頭尾段唔要，留中間少少就可以啦，洗手間呢邊。

男的一直望住我，好似 Get 到啲咩咁，但係我又唔可以出聲…嗚，老闆呀…我個豬心好唔安樂呀！

到驗完小便見埋醫生，當然都係冇懷孕，個女仔叫醫生
寫返張收據，一出到去都係喊喊喊同喊，但係冇出聲。

收錢拎收據後，個女仔就同男仔講：醫生寫埋紙畀我啦，我一陣
打電話去 Book XX 醫院呀，你而家去過數畀我呀！

個男都係：嗯嗯嗯嗯……

唉！算鳩數！ ♡ 2,826

嗚~~~
醫生話
我有咗！
你畀幾
萬蚊
我落
仔呀!!

小姐~
你都未驗孕~

幾...
幾萬蚊??

case	symptom	正契弟
#69	remark	

有日診所坐滿人，一個後生女帶住個狗袋到診所登記睇醫生。

喺佢等睇醫生時，佢拉開狗袋拉鏈，抱咗隻小貴婦狗出嚟，放喺自己大脾上。點知隻狗仔突然跳落地屙尿…

女主人見到：哎呀，乜你咁曳曳㗎，屙尿出聲嘛！姑娘呀，佢屙咗尿呀！

我位火爆同事：小姐，呢度診所嚟㗎，唔俾帶狗入嚟㗎！你入狗袋都由你啦，你仲俾佢喺度屙尿？你自己搞掂佢啦！

女主人：你講吓道理喎！我鬼知佢會無啦啦屙尿呀？

火爆同事：咁你係佢主人，你有責任執手尾囉！

女主人：診所係你哋地方！我唔認為係我要負責！

我睇住我同事塊面紅晒，好似就快爆血管咁…

我：算啦算啦，我去抹咗佢啦，唔好嘈啦！

火爆同事：唔得！隻狗佢㗎！

女主人：我咩都冇，用咩抹呀？

火爆同事：我畀地拖你囉！

女主人：我唔掂你哋啲嘢㗎！一陣整爛咗又賴我！

我：唔好嘈啦唔好嘈啦，嘈到其他人同醫生唔好呀，我去抹一抹好快啫！

同事好大力一手捉住我：你唔好出去呀！你出去就係輸咗呀！

女主人：哈！你咪唔好抹囉，由得篤尿跣親人，你哋衰啫，我影上網話畀人知你哋診所由得啲人跣親呀！

佢哋兩個不停互鬧多成分鐘，醫生就嗌我入房問我咩事，我照直講係因為一篤尿…

醫生就話：哼！平時你哋都見得多啦！仲有乜好嘈？

我：可能今日同事心情唔好，個主人態度又差，咪咁囉，佢唔俾我拖地呀…

醫生：你搞掂佢哋啦，嗌佢哋唔好嘈啦！

我：聽我講先得㗎……

我行返出去登記位，繼續望住我同事同女主人喺度嘈…

女主人：你咪唔好出嚟抹囉！邊個抹邊個正契弟！

火爆同事：好呀！

我冇出聲，靜靜雞開門行出去，一嘢就將把地拖隊埋去索晒篤尿！

由嗰刻起，全診所同事加醫生同我改咗個名 ─「契弟豬」。Well！個名幾好聽呀，嗌足兩個月呀契弟豬！ ♥ 3,167

171

| case #70 | symptom | 痔瘡膏 |
| | remark | |

一個後生女到診所，入到醫生房講：我生痔瘡，開支痔瘡膏畀我得啦。

醫生：你自己發現生痔瘡？有幾耐？

女：好耐啦。

醫生：咁即係幾耐？

女：好耐啦！

咁究竟即係幾耐？可唔可以畀個期嚟？一星期？一個月？一年？十年？

醫生：咁同你檢查吓，上床趴底先。

女：我唔檢查㗎！你就咁開支藥膏畀我就得啦！

醫生：好嘅，不過都建議你下次睇醫生時可以檢查埋，有需要可以轉介你去專科。

女：我睇開個醫生冇開咋嘛，如果唔係都唔會嚟搵你。

我見到醫生面色一沉…小姐呀小姐～你知唔知呢句說話 Hurt 盡醫生嘅心啊～呢句說話就好似港女同兵仔講嘢咁，成日聽到人咁講！好陰公豬㗎嘛！

醫生：好，冇問題，我開支藥膏畀你，麻煩你出去等等。

女：呀，仲有，你寫一個星期假紙畀我呀！

醫生：只可以寫一日。

女：你支藥膏夠搽一個月㗎嘛！我已經唔係拎一個月啦喎！一星期都唔得？個個醫生都係咁開畀我啦！

醫生：咁你可以搵返其他醫生，我就只開到一日。

女：一日啷唔到㗎！最少要一星期呀！我做 Miss 㗎！要搵人代堂㗎！

醫生：假紙唔會因應你職業而有改變。

女：唔好啦醫生，我真係好痛好辛苦㗎，你睇吓我行路個樣呀！

醫生：你聽日仲覺得有唔舒服嘅，可以再返嚟。

女：咁係咪寫到一星期？

醫生：你返去搽咗藥膏先。

女：你支藥膏係咪可以搽面？

醫生：‧‧‧‧‧‧‧‧‧‧‧‧‧‧

聽聞網上流傳痔瘡膏唔係用嚟搽痔瘡…係去眼袋…唔知呢位小姐係咪…… 👍 2,224

case	symptom	
#71	Loop 到永遠，阿門	
	remark	

電話永遠都喺最唔通氣最忙到仆嗰陣先響！電話另一邊係位男士⋯

男：今日醫生有冇開？

我：有開。

男：可以幾時點嚟？

我：而家都可以嚟，只要 6 點 45 分前嚟到就可以。

男：你哋近邊㗎？我上網 Check 到有呢個醫生喺附近咋⋯

我：XXX 嗰度。

男：而家嚟要等幾多個？

我：而家有六個人等緊。

男：可唔可以 Book 咗先？

我：親自嚟登記，冇電話預約。

男：唔係呀？咁要預等幾耐呀？

我：呢個我真係答你唔到，我唔會知之後有幾人嚟登記。

男：唔係呀？因為我買咗飛睇戲呀，我要預返時間。

你睇戲關我咩事，你病仲睇得戲咁趣緻？

我：咁你可以睇完戲先嚟。

男：你幫我 Book 咗先，我預返時間嚟呀。

我：先生，你聽得明廣東話嗎？冇電話預約…只要6點45分前親身嚟到登記就有得睇。

男：唔係呀？咁我嚟到要等幾耐？我拎張假紙好快咋！

我：我答唔到你要等幾耐，先到先睇。

男：咁可唔可以排咗先？

Loop！Loop！Loop！Loop 夠未呀？♡ 2,747

175

case	symptom	含 丁 的 學 問
#72	remark	

四個著住校服嘅學生妹到診所，幾個喺度推嚟推去，一面尷尬咁…推足十幾分鐘，真係他媽的青春畫面，推完未？乜我個樣咁恐怖咩…食人咁款咩？

終於推咗個死士出嚟，學生妹 A：姨姨…我想問………

我一聽到個「姨姨」就好自然西西地面，不過我活在口罩下應該好難被發現：嗯？咩事？

學生妹 A：呀…點問好呀………

又推又推又推不停講：你問啦，我唔敢問呀，你問啦！

我：你哋想問乜呀？你哋咁樣阻住其他人登記㗎……

學生妹 B 唔知哪來的勇氣突然一輪嘴問：我哋想問含撚會唔會有 BB？

好彩我當時冇飲水，如果唔係突然聽到含撚兩個字真係噴水都似！

我：口交係唔會懷孕…

學生妹 C：但係我啲朋友話會！

我：懷孕係精子同卵子結合，要精子經陰道游到卵子先有可能懷孕…

學生妹 B：口游唔到去卵子度？

我：游到落個胃會被消化先…

學生妹 D：咁穿過胃咪可以到卵子度囉？

我：好難喎…………好高難度啊！

學生妹 A：係咪真係冇㗎姨姨……？

我：唔會有 BB 㗎………

學生妹 A：我上網睇啲人話有機會㗎…

學生妹 B：我見新聞都話有可能㗎！

學生妹 C：我朋友都有講過話會！

學生妹 D：真定假㗎？

呢個時候坐喺大堂等睇症嘅媽媽級女士講：你哋班死女包咁細個就做啲咁嘅嘢，係我個女一定兜巴打死你！

學生妹 B：關你咩事呀阿婆，我哋問嘢你偷聽咁冇品！

媽媽：你咁大聲講含撚個個都聽到啦！

學生妹 A：我哋走啦，唔好同佢嘈啦！

A 就咁拉住 B 走，C 同 D 就留低咗喺度再問我：姨姨呀，含撚冇 BB 咁會唔會有性病㗎？

我：會……………

Ｃ同Ｄ即係互望，兩個扯住對方走，一路行一路講：你仆街啦，有性病㗎！

我講漏咗，都要嗰碌Ｊ有性病，你哋先會有性病⋯⋯唔係一含即中⋯⋯我諗佢哋以後應該唔敢口交了。♡ 1,892

有日有個姨姨入嚟診所，就咁坐咗喺度…

我：小姐，請問係咪登記呀？

佢：唔通我嚟坐呀？

你有所不知啦，真係有人嚟齋坐㗎，屎唔屎咁串呀！不過佢個樣真係好惡屎好恐怖，我好怕怕…

我：咁麻煩小姐嚟登記咗先呀。

佢照坐咗喺度：哦！

等咗一陣都冇郁到……

我：小姐有冇覆診卡或者講個電話號碼畀我知呀？

佢：我睇過㗎喇！

我：麻煩你講登記嗰個電話號碼畀我 Check 返吖～

佢：我邊記得用乜 Number 登記呀！

我：多數都係手提電話或者屋企電話嘅～

佢：冇屋企電話！手提呀！

我：嗯，係～咁幾多號呢？

佢：邊記得呀，我成日轉 Number 㗎…

我：咁身分證號碼呢？

佢：李嘉欣呀！

呢個名係假的，我只想表達出個名係幾咁多人同名同姓。我照住佢講嘅名直譯做英文去 Search…彈咗塞爆成版 Mon 嘅李嘉欣出嚟！

我：小姐，唔好意思，你可唔可以畀身分證頭三個數字我 Check，因為太多同名同姓…

佢：我睇過㗎啦，有紀錄㗎！

我：我知，但係太多人同名…你畀一畀身分證我 Check 啦。

佢：乜你登記都搞到咁煩㗎！XXX 呀！

我睇住嗰版李嘉欣喺度搵 XXX…冇嘅！冇嘅！冇嘅？天呀！我想搵一個李嘉欣啫，你唔好畀咁多打李嘉欣我撲啦，我頂唔緊㗎！搵咗好耐，我都係搵唔到！

我口都震埋：小…姐…我搵唔到你個 Record…可…唔…可以畀張身分證我 Check 呀……？

佢啲殺氣大到爭啲燒死我：唉！乜你咁麻煩㗎！

佢好嬲咁行埋嚟「啪」一聲放低張身分證。我接過張身分證後，人生中第一次覺得身分證原來係咁實在咁美好，爭啲流住鼻涕想同身分證打個車輪講 I love you！我解脫了！Yeah！

我喺病人搜尋資料中輸入 XXXXXX（X）！彈出：「找不到資料！」

乜呀？佢話睇過㗎喎？我再輸入 XXXX，又係「找不到資料」！再輸入 XXX， 又係「找不到資料」！

呀！！！唔好呀！！唔好呀！！唔好呀！！唔好呀！！唔好呀！！唔好呀！！唔好呀！！唔好呀！！唔好呀！！唔好呀！！！！！！！！！！！！

我又要口震震問佢拎電話地址做新症登記⋯我被打落十八層地獄了⋯⋯ 🤍 2,803

case	symptom	婆婆愛玩嘢
#74	remark	

有個阿婆入嚟，我問佢睇過未…

佢：哎！呀！呀呀！

我望見佢甩剩一隻牙，我以為佢係發音有問題…

就同佢講：婆婆，你畀身分證我登記呀…

佢係新症，我就要幫佢開 File 登記，問佢：你電話幾號啊？

佢碌大對眼望住我：哎！呀呀呀呀呀聽唔到！

我問多次，佢繼續：哎呀呀，聽唔到！

咁我又諗住佢應該係撞聾，可能識讀唇，就除口罩同佢講…

我：你住邊呀？電話幾多呀？

佢：聽唔到！

我：你識唔識字呀？

佢：聽唔到…

我拎紙筆寫咗字畀佢睇…

佢望一望話：聽唔到…

我：你又聽唔到，又唔識睇，有冇人陪你嚟呀？

佢：哎呀呀呀聽唔到！

我：咁你點睇醫生呀？

佢：聽唔到！

我：唔好玩嘢喎，我知你聽到嘅…

佢：我乜都聽唔到！

我：你搵屋企人陪你嚟啦！

佢：聽唔到，聽唔到，哎呀呀呀呀呀呀！

我：你搵咗屋企人嚟先啦！

佢：都！話！聽！唔！到！

最後佢一手扑落我頭頂，一路哎呀呀呀呀呀一路冇放低拳頭…行出
診所…呢個係蓄意傷害他人身體嗎？聽唔到啫，唔使扑人嘛？

♡ 3,117

case	symptom	陰公豬醫生
#75	remark	

有日有個新症睇醫生,入到醫生房…

醫生:今日有邊度唔舒服呀?

佢:好小問題好小問題。

醫生:咁邊度唔舒服呀?

佢拎咗一袋第二間診所嘅藥袋出嚟:你畀返呢啲藥我得㗎喇!

醫生:你做乜唔去睇呢個醫生?

佢:哦〜佢放假呀,如果唔係佢放假,我都唔會嚟啦!

醫生:……

佢:你照畀呢啲藥我得㗎喇。

醫生:我唔會照其他醫生嘅處方配畀你,你要配藥就請去藥房。

佢:我食佢啲藥先得㗎!食你嗰啲唔好咪嘥錢?

醫生:咁你可以去藥房配,我冇呢啲藥。

事實的確係有兩種冇。

佢:吓?藥都冇?你早講呀嘛!咁而家要唔要收我診金呀?

醫生:你走得啦…

佢一路行出去一路講：乜醫生嚟㗎，都唔醫人嘅…一啲
都唔專業，如果唔係我嗰個放假使鬼睇你咩…要嗰幾隻藥都
話冇，執咗佢啦！都唔係做生意嘅…咁樣做醫生搵鬼睇咩…唉，
都係乜乜乜醫生好…

醫生聽得好清楚，塊面仲谷到紅晒，等個新症走後，佢同我講：
士可殺，不可辱！

我只可以畀返一個寄予無限同情嘅表情佢…陰公豬咯 XDDDDD

♡ 3,188

士可殺!!
不可辱!!
一啲都唔專業!!
都係乜乜乜醫生好!!

case	symptom	扮西人
#76	remark	

一個樣衰衰身分證顯示係 90 後的港女帶住副超嚟診所，一入嚟已經扭住屎忽，對腳抽筋咁甩晒尾，對手掟飛鏢咁掉低佢張疑似未整容前嘅身分證喺枱面。

我：登記好啦，醫生未返，你坐坐先啊。

佢移一移低佢副超成個老花阿婆咁碌大對眼望住我話：What？佢係咪 On the way 緊？係咪就 Come bag？而家幾多 O'clock 呀？仲唔 Come bag？Oh 豬實 s！

我答：就返㗎喇，坐陣先啦。

佢：Fine，Of coz 要 Sit 啦，唔通 Need me 屎掟 So long 咩？

我：你坐陣先。

佢：Do you tell 醫生 I am here？Call he 啦！

我：醫生就返㗎喇！

佢：Hurry！Call he 啦！Me 好 Hurry！

我：嗯⋯

十分鐘後醫生返到，佢好熱情咁同醫生講：Hi，摩令呀醫生！I wait you so long 啦！

醫生入到房間我出面位客人咩事，我都唔知點答⋯可能李思捷扮女人錄緊搞笑節目考你急才啩⋯ 🤍 2,030

case	symptom	
#77	remark	金正豪

有日有兩個廿歲仔一齊到診所，放心，唔係 Gay Post，唔係菊花園…

兩個登記完坐喺度就開始傾計，傾到咁大聲，好難唔偷聽…

A：你今日有冇覺得我型棍屎咗？

B：講呢啲！你一向都咁型㗎啦！

A：我呢個頭好難剪㗎，我啲女尋日見到都 Like 我呀，話我成個柏豪咁！

B：周柏豪？

A：係呀，似呢？你跟唔到㗎啦！唔係個個襯到，你估啲女真係鍾意我講嘢好笑咩！都冇得否認我講嘢真係好好笑，Main point 係好似柏豪！佢哋同我出街好威嘅，成日要自拍放 IG，你睇啲女幾港女呀！

B：哦～係呀？你就 Happy 啦！

A：唔係好 Happy 㗎咋，今日又要嚟呃假紙陪啲女啦，咁又冇咗個勤工，話去唱 K 喎，一齊吖！

B：唔啦…我喉嚨痛唔去啦！

A：屌！叫你去唱歌咩？陳奕迅把聲夠拆啦！

B：唔啦…

醫生召喚我入房問：寶豬，係咪有人話呃假？

我：係呀，似周柏豪嗰個。

醫生：咁明目張膽！

我：係呀，約咗成班囡囡去唱 K 喎～～

醫生：好啦，你嗌佢入嚟啦。

醫生睇完 A 後又召喚我：寶豬，你對眼係咪有事？

我：冇事啊。

醫生：邊個似周柏豪話？

我：頭先嗰個話自己似…

醫生拎起電話，Google 了周柏豪…：呢個喎？

我：係呀哈哈哈哈哈哈…好似呀！都係有眼耳口鼻！

A 最後當然拎唔到假紙，我建議佢兩個唔好去唱 K 住…全部去眼科
驗吓眼先……喺佢眼中係周柏豪…喺我眼中卻是金正恩…

瞓醒未？ 👍 5,005

comments

Katmial Ng
點解啲人成日都喺診所度講俾人知自己呃
假紙…

Na'vi Wind
其實同到金正恩出街自拍放 IG 真係唔出奇。

case	symptom	絕頂奶奶
#78	remark	

兩位中年女士到診所等候睇症期間，女人嘛…一齊不外乎都係講吓買乜餸老公點好仔女人工鬥勁，仲有可能整個小型家事法庭判吓刑…所以想八卦收料未必要入廁所偷聽人踎塔講電話嘅，診所一樣聽得清楚…

奶奶 A：尋晚我新抱煮飯，幾鬼難食呀！

奶奶 B：有冇即刻鬧佢？上次我嗰隻咁嘅嘢煮啲米爛嘅！畀我鬧到佢狗血淋頭呀！我個仔以為娶到寶，嘿！娶咗個大食懶就真！

A：我冇鬧佢呀，拎起碟魚倒咗落垃圾桶，食死人咩，又腥又臭，佢阿媽冇教佢煮飯㗎咩？

B：而家啲嘅煮個麵都唔識呀！起身又唔摺被，地又唔掃！我個仔仲要養埋佢！

A：你新抱唔係做記者咩？

B：係呀，又點呀？做得新抱就要照顧得頭家好好睇睇！如果唔係娶嚟做乜？仔又㾗唔出！真係蝕晒本！

A：生得出咪仲煩，到時又係畀你湊…

呢個時候，佢哋發現我望住佢哋…

B：姑娘，你話呀，做新抱係咪要孝順老爺奶奶啦！

我：係…

A 向 B 講：你問佢做乜呀，佢點識做人新抱呀。

B：個個都唔識㗎啦，咪就係教精佢囉！長輩講乜都要點頭，我做人新抱嗰陣咪又係咁捱。

我真係有不停點頭。

A 問我：你嫁咗啦咩？

我：我…就係因為……怕奶奶而唔敢嫁……

B：該煨咯！咁你返歸啦！

我隱約中聽到佢地交頭接耳好似話乜嘢……攝……灶………

👍 2,446

———— comments ————

> **Cathy Ip**
> 佢哋個女都會做人地新抱㗎啦！佢哋會點教自己個女去同奶奶相處？

> **Jeana CH**
> 咁你個仔應該去娶菲傭啦！

case	symptom	我有瀨屎
#79	remark	

有位伯伯嚟診所睇醫生，佢登記完後坐低時，個個都聞到好好好強勁嘅臭味充斥診所…

當中有小朋友童言無忌，好大聲咁同佢媽媽講：媽咪！好臭呀！

媽媽：哎，冇禮貌呀唔好出聲！

伯伯好大反應企起身講：你屙爛屎呀？

冇人理佢冇人敢望佢，伯伯就走去啲人面前逐個問：係咪你屙爛屎，係咪你屙爛屎？

佢一路問一路行，身後都會發出一啲咘咘聲⋯⋯陣味變得越嚟越勁⋯啲客人開始頂唔順，寧願行出診所門口等⋯伯伯仍然追到去門口講：係咪你哋屙爛屎⋯

到啲人走晒出去，診所大堂度⋯得返我同伯伯⋯⋯我望住佢，佢又望到我⋯佢走埋嚟問我：係咪你屙爛屎⋯？

我：伯伯，放屁好小事啫，你乖乖哋坐喺度等見醫生好冇⋯

點知伯伯轉身行出門口拉開診所門大嗌：姑娘瀨屎呀！係姑娘屙爛屎呀！

個個望鬼住我！點啫，想我畀乜反應你呀？聲音之大，驚動到坐房嘅醫生，佢按鈴示意我入醫生房⋯

入到房，醫生問我：你肚瀉呀？去廁所搞搞佢啦！

今鋪真係跳落黃河都洗唔清啦…Diu…… ♡ 3,214

姑娘瀨屎呀!
係姑娘屙爛屎!!

case	symptom	打工影響視力
#80	remark	

電話響起，忙到瀨嘅我又要聽電話…另一邊聽筒係一把好幼嫩嘅男聲，估計應該得十幾歲…

男：早…晨…得唔得閒呀你？

我：唔得閒。

男：我有啲嘢想問…

我：有乜幫到你呢？

男：我問你，你係咪會答我㗎？

我：視乎我答唔答到…

男：我……睇嘢好矇…

我：去 Check 吓眼啦。

男：你得唔得閒傾多陣？

我：唔得閒…

男：阻到你？

我：係呀，我好多嘢做！

我…唔…係…你…朋…友…呀……

男：我上網睇…佢講……呢…打得飛機多睇嘢會唔清楚……

又係邊戀個傳嘅咁嘅「性知識」呀？

我：你去 Check 吓眼啦！

男：我上網睇呢……佢哋係咁講㗎……咁點先叫多呀？

可唔可以問高教主？

我：我答你唔到…

男：而家我睇黑板都睇唔清 Miss 寫乜，唔打一排睇嘢會唔會清返？

我：不如你叫媽咪帶你去 Check 眼先…

男：你好忙呀？

我：我真係好忙，你去 Check 眼啦！Byebye！

我忍唔住 Cut 咗線…

之後隔唔夠五分鐘電話響…又係佢：我好擔心隻眼永遠都係咁，我上嗰啲網佢都係問我夠唔夠十八歲，繼唔繼續…冇講會影響視力…

我：你去 Check 眼啦！同你媽咪講！

佢：唔可以同媽咪講㗎！佢會唔俾我上網！我戒咗打飛機就會好？點解打飛機會睇嘢唔清楚嘅？一日一次就係多？

我可以點答？我冇 J，而家睇啲字都好化好化…高教主，我要 Join
你個反自瀆呀！👍 1,817

case	symptom	法證先鋒
#81	remark	

一位姨姨拎住一個超市裝生果嘅透明膠袋仔到診所，一嘢搋個膠袋到登記枱面…

佢：同我拎佢去驗呀！

我：請問驗啲咩呢？

佢：驗呢袋嘢！

我拎起袋嘢望，望咗一陣……佢…咁似平時樓上個仆街掉落嚟嗰抽避孕套嘅？

我：小姐……你想拎嚟驗啲咩呀？

佢：驗佢囉！

我：我唔係好明…你畀個避孕套我想我同你驗啲咩呢？

佢：驗個女人係邊個呀！

我：吓？點驗呀？

佢：我嚟到搵你驗，你問我點驗？咪好似法證啲人咁 Check DNA 囉！

我：DNA 呢…

佢搶住講：DNA 唔係追蹤人㗎咩？如果唔係點會捉到強姦犯殺人犯呀？你同我拎去驗啦！

我：咁都要有疑犯嘅 DNA 先可以做對比㗎嘛…

佢：你去 Check 囉！你哋醫生 Click 個掣就睇晒啦！

我：冇㗎，我哋冇呢啲嘢㗎⋯

佢拎起個膠袋，解咗個結，徒手拎出嗰抽坦蕩蕩嘅避孕套⋯係內裡 Juicy，外表乾燥嘅避孕套面上指出一條攣攣的毛⋯⋯

佢：你望唔望到呢度有條毛？

我：望到⋯⋯

佢：你拎條毛去驗呀！睇吓係邊個嚟呀！

我：小姐，你明唔明我頭先講咩？我意思係單憑一條毛去驗完 DNA，你都唔會知嗰個人係邊個，因為冇對比⋯

佢：你拎去驗啦！驗完就知係邊個啦！你專業啲啦！

我係咪要用顯微鏡放大幾千倍望吓條毛有冇寫住主人名⋯？

♡ 1,591

case	symptom	量血壓
#82	remark	

有日有個新症到診所睇醫生。

醫生：今日有乜唔舒服呀？

新症：我想量吓血壓呀。

醫生：好呀。

量後血壓係正常的，120/90。

醫生：血壓冇問題呀。

新症：醫生，你可唔可以寫封轉介信，畀我去政府醫院排期睇高血壓呀？

醫生：你血壓好正常，唔需要睇呀。

新症：你幫我寫高少少，畀我去排期呀。

醫生：你血壓係正常，冇呢個需要，點解要去睇呢？

新症：我覺得我係有血壓高㗎，今日咁啱冇高咋，我聽人講要排好耐㗎，要年幾兩年，排得嚟差唔多啦…你寫高少少話高血壓得㗎啦！

醫生：冇得咁寫㗎喎！

新症：我真係有高血壓㗎！

醫生：今日量就好正常，一係你聽日再嚟量多次呀。

新症：又要聽日嚟呀？唔好啦醫生，你幫我寫啦，政府醫院等好耐㗎…

醫生：你聽日再嚟呀，今日就一定寫唔到畀你，血壓正常冇得作大嘅！

新症：醫生，你寫高少少啫…

醫生：個個冇事都去排，咁真係有需要睇嗰啲咪等得更耐？你冇事嘅就唔使去睇嘛。

新症：唉，我都係擔心到自己有事嗰時等得嚟都爆血管啫…

醫生：平時唔好食咁多濃味鹹嘢，食得清淡，生活健康啲就唔使擔心！

新症：醫生！我食鹽多過你食米啦！我自己健康你點會清楚得過我？我食鹽多過你食米啦！

醫生斷氣了……呼！🤍 2,125

case	symptom	醫生的J
#83	remark	

一對母女到診所～

娘：我有啲嘢想請教醫生，要唔要收費？

我：登記咗，入到去見醫生就要收診金。

娘：我問少少嘢都要收？

我：係呀，入得去就要收。

娘：咁你嗌醫生出嚟講兩句呀，真係問少少嘢。

呀，你轉數又幾快喎！

我：醫生睇緊症，你要見醫生就幫你登記咗先呀。

娘呢個時候拎咗一盒杜蕾D出嚟：你幫我畀醫生吖，佢睇到就明！

我望住盒套，喺度諗…唔通邀請…醫生……？

我：小姐，你係送禮畀醫生嗎？係嘅話我會幫你轉交畀醫生。

娘：唔係呀，你要畀返我㗎，我有嘢問佢㗎。

我：或者你有乜問題你講聲，睇吓幫唔幫到你…

娘：我想教個女點帶套。

我：吓？

娘：我屋企冇碌嘢，所以先嚟搵醫生。

邊碌嘢呀？你搵醫生想要邊個碌嘢呀？碌地拖棍得唔得呀？

我：小姐，說明書應該有圖有文，你哋可以慢慢睇⋯

娘：睇咗啦，冇試到唔知係咪學曉咗呀，醫生可唔可以借碌嘢畀我？

我：小姐，呢啲⋯唔可以借㗎⋯

娘：你都冇問醫生！點知佢唔借！佢可以繼續喺房，碌嘢就拎出嚟！如果唔係一陣話我見咗醫生要畀錢，我冇錢㗎！你淨係拎碌嘢畀我得啦！

醫生⋯我感到非常不安呀！有人要切你呀！👍 5,974

case	symptom	特急避孕
#84	remark	

有日就收工嗰陣，電話響起…對方係一個男人，好激動講：喂？係咪 XX 診所呀？收工未呀？

我：仲有三分鐘鎖門…截咗症啦！

佢大嗌：唔好鎖呀！唔好鎖呀！唔好鎖呀！我哋跑緊過嚟呀！等埋我呀！

我：先生…醫生走咗啦，你唔好過嚟啦搵過第二間診所啦…

佢氣都喘埋：吓吓吓吓吓？醫生走咗？！我咪叫你等埋我囉！我哋真係跑緊過嚟㗎！

咪一早講咗截咗症囉…你跑到甩肺都冇醫生啦…你有冇聽我講嘢㗎……

佢：咁我哋點呀？唔睇呀？

我：醫生聽朝 10 點半返，你可以聽朝先嚟…

佢：你係咪玩我？聽日死得啦！我哋好大鑊呀！

我：先生你去第二間或急症啦拜拜！

我 Cut 咗線，執埋啲手尾就收工…到我出去鎖門嗰陣，有一男一女喺門口度扯晒蝦，女嘅仲係一套睡衣加條圍裙…乜…乜…乜…事？

男：頭先咪叫你等埋我囉！

我：先生，我咪講咗醫生走咗囉…

男：你開門呀！

我：我開門都冇醫生睇…

男：我入去自己拎！

我：拎乜呀？

男：特急避孕呀！

我諗佢講嘅應該係「事後避孕丸」…

我：呢啲要醫生開㗎…

女：你不告訴醫生我們拿了就可以嘛，幹麼為難我們？

……點解講到係我難為緊你？

我：冇醫生喺度開唔到藥㗎…

女：你不說也沒人知道吧，拿一個就可以！

男：人命關天呀！等到聽朝食就遲啦！你俾我哋拎啦！我哋唔會
同人講㗎！

女：對吧，我們說了也沒好處…

我：你哋點講都冇用…藥係要醫生開…

我一路講一路走…佢哋左右夾攻…

男：姑娘，你幫吓我哋啦，我哋冇 Plan 要小朋友呀！有咗嘅話真係唔知點算，你開一開門俾我拎呀！

女：求求你嘛，我們真的不小心，剛剛我們在 Cooking，忍不住才這樣…你幫我們一個忙吧！

男：我冇諗住咁快呀，太高漲先帶唔切套，唔覺意就射咗喺入面，真係唔小心㗎，姑娘，一次咁多呀，你拎咗一粒走都唔覺啦！咁快出嚟我都唔想㗎！

女：都怪你啦！幹麼就不能忍一下！怎麼辦啦！

男：姑娘，救人一命呀，我以後唔入廚房呀！

我都冇再應過佢地…行咗一段路，佢地又跑了…不帶走一點雲彩～～呼～～

唔想生又要唔帶套！煮煮吓飯扑乙鬼嘢呀！👍 3,061

comments

Joseph Wu
菇涼你同佢講：「咁跑法，大人都死，冇事㗎啦！」

Jerry Wong
煮煮吓飯呢句……笑咗！希望佢哋有熄火先出門！

Yan Li
佢哋咁跑法都應該「Dun」晒出嚟…

不怕神一樣的對手，只怕豬一樣的…邊個生到你咁 Q 蠢㗎？

人哋嘅老公尋日睇完醫生，拎咗藥喇，今日個老公同老婆返嚟炳我～

老公：你啲藥食死我呀！食到我喉嚨好痛呀！

我：藥係醫人，舒緩病徵…又點會食死你…你畀啲藥我睇吓先啦…

老公：畀你容乜易毀屍滅跡，換咗我啲藥！

我：我唔識變魔術，你可以放心。

老公：你咪做埋啲多 9 餘嘢呀！告死你呀！

我：放心，我真係唔識 Magic…

我拎咗袋藥後，望見其中一包藥個樣好生面口…

就問個老公：呢包藥點解咁嘅？

老公：你畀我㗎，我點知你呀就係食完佢就痛啦！仲唔係你害我？

我拎啲藥出嚟講：呢包明明係四粒一排包裝藥，我都唔會剪到佢一粒粒咁高技巧，你咁好心機嘅？

呢個時候…老婆笑得好開心，出聲了：係呢，鵝巧巧生基呢，鵝煎得巧生苦㗎！

我：點解要咁做？

老婆：鵝見佢拱大牌，想方便佢死呀嘛！

我：咁…點解唔直接啪粒藥出嚟？

老婆：啪咗出泥咪唔衛生囉！

我：請問先生…咁你食前有冇啪返粒藥出嚟先？

老公：梗係冇啦，一粒粒咁仲唔係即刻食？

我：嗯…咁…先生，你已經連包裝直接吞咗…你…應該要去急症，呢度都幫唔到你啲乜…

老公：唔 X 係嘛？你哋診所咁害我？

我：係你太太剪到啲藥咁，你食前又冇睇清楚……

此時，老公睄死個老婆…

老婆：鵝都係想方便你死咋…

老公：X 你臭 X On99！ 👍 15,622

comments

Jacky Tang
真係方便你死咗！

Wing Pang
曾經有人說：「有病食藥可以醫⋯⋯蠢就
真係冇得醫⋯⋯」

Phil Cheng
個老婆蠢咩？個老公就真係蠢！

Agnes Wong
人哋兩公婆互相信任嘅嘢我哋識條毛咩！呢啲
咪叫「致死不癒」嘅愛情囉！

Ray Shum
佢點食榴槤㗎？

case	symptom	生勾勾戇鳩鳩
#86	remark	

有位女士睇完醫生，我畀藥佢，已經講咗：咳水每日四次，每次一格 10ml。

120ml，即三日藥，有十二次。

佢一面得戚同我講：哼！次次我飲得三次就飲晒成支啦！

我：你跟返份量飲啦有十二次藥㗎…

佢：哼！我先冇咁好心機逐次飲！

我：咁醫生指示係咁…你跟返好啲嘅～

佢：哼！我一路都係咁飲，又唔見我死！我都死唔去！

我心諗，你要死，唔通唔俾你死咩…

佢：你睇吓我咪仲係生 99（生勾勾）企喺度！指示唔係用嚟跟㗎！

我：咁用嚟做乜 ...

佢：冇用㗎！邊個咁蠢聽指示？你聽呀？

我：嗯……

佢：我都唔知睇醫生做乜，我自己都係醫生啦！

我：嗯……

佢：我咁食咳水仲快好，跟醫生指示死得囉！

我：嗯……

佢：你睇我仲生 99 就知啦，今日兩次飲晒得啦可？

生唔生 99 我唔肯定，戇鳩鳩就一定有你份…… ♡ 2,180

我咁食咳水
仲快好～
跟指示死得LoL

又一個ON 99...

case	symptom	速 速 走
#87	remark	

一位姨姨到診所，入到嚟拎住張卡片問：呢度係咪 A 醫生呀？

我：唔係呀，A 醫生喺上一層，我哋係 B 醫生啊。

佢：咁你哋今日睇到幾點呀？

我：12 點 45 分。

佢：乜唔係 5 點咩？我睇呢度咁寫⋯

我：哦，呢張卡片係 A 醫生㗎嘛，我畀張我哋醫生嘅卡片你吖。

佢：我都唔係睇 B 醫生，要卡片做乜⋯

我：⋯⋯⋯⋯

咁你仲喺度做乜？

佢：A 醫生同 B 醫生有乜分別呀？

我：都係醫生⋯⋯

佢：咁有乜分別？係咪睇 B 醫生都一樣？

我：你直出門口轉右上一層搵返 A 醫生啦。

佢：係咪都係女醫生？

我：我哋醫生係女醫生，上一層嗰位就男醫生⋯

佢：哦⋯⋯⋯⋯

停頓了⋯⋯⋯⋯⋯又回魂，佢：我要睇男醫生。

我：咁小姐搭䢂上返一層啦。

佢：呢度得女醫生？

我：係呀！

佢：冇男醫生㗎？

我好躁躁躁躁躁躁躁躁呀！吼！有冇聽我講嘢呀？吼！有冇理我感受呀？吼！你係唔係仲要繼續無Q視我呀？

我：小姐！你直出門口轉右上一層搵A醫生啦！

佢：醫生有冇乜分別㗎？收費唔同呀？

我冇氣：我唔知樓上收幾錢…

佢：咁睇A有乜分別呀？

放9過我啦……放9過我啦～上天有好生之德嘅話可唔可以幫我速速送走佢呀？  3,379

case #88	symptom	兵仔的悲哀
	remark	

一個樣貌平平，心口平平嘅女仔嚟睇醫生，隔籬有個應該係兵仔嘅男人…

一坐低兩人中間隔咗一個可以塞個肥貓入去嘅身位，個女仔就用好嬌嗲嘅聲話：都唔知幾耐冇男人陪過我嚟診所嚕～

兵仔含笑帶春咁款答：咁我咪好好？

女：嘻嘻～係啊，你真係好好啊，陪我嚟睇醫生～好少男人好似你咁好㗎啦～

兵仔繼續 High：你唔舒服已經好辛苦，點解男朋友唔陪你？

女：唔好提佢啦，佢邊夠你好呀～我都係覺得你好佢好多～

兵：咁我唔講佢啦，你唞多啲呀，一陣同你食啲嘢，送你返屋企好冇？你夠唔夠暖呀？著咁少衫嘅你？

女：你真係好好，好彩有你照顧我咋！

呢個時候女嘅入去見醫生，兵仔繼續 Keep 住戰鬥力強勁嘅雄心坐喺出面。跟住兵仔電話響，聽到係講工作嘢，佢好有禮貌咁行出門口度講電話，女嘅都呢個時候行返出嚟……

女嘅一出嚟就撳電話，以為佢搵兵仔啦…點知原來係玩 WhatsApp 語音，對住電話講：老公 BB，我就快返嚟啦，一陣使唔使買埋嘢畀你食呀？

電話播出男人聲：買碗白粥得啦！

女：好啦～我一陣買～你食咗藥未啊～我好快返嚟啦～

兵仔返嚟，女的即刻袋返電話。

兵：睇完啦？醫生話你乜事？

女：好辛苦啊～感冒～

兵：我哋食啲嘢先，再食藥，跟住我送你返屋企，今日使唔使我照顧你？我頭先同阿 Head 講咗冇咁快返。

女：唔使啦，我爸媽好嚴㗎～唔俾男仔上屋企嘅～一陣去買碗白粥，我返屋企食得啦～多謝你啊～你真係好 Sweet ～

拎藥畀錢都係兵仔做，相信碗白粥都……唔知兵仔今日覺得自己升咗幾多 Level 呢？ 🤍 2,714

我送你返屋企～
今日使唔使照顧你呀～♥～

你真係好 Sweet～

case	symptom	包皮去或留
#89	remark	

我啱啱食飽飽 Lunch，醫生未返到，正想開劇睇⋯有位媽媽帶住一個廿幾歲嘅男仔⋯

媽媽問：請問有冇小手術做？

我：乜嘢小手術呢？

媽：例如⋯⋯割包皮？

我：冇啊～

媽：知唔知邊度有得做？

我：小朋友嘅去兒科，可以轉介去政府做。

媽：大朋友呢？廿幾歲呢？

嗰個男仔即刻擰轉面，Hey，姨姨好 Pro 㗎嘛，怕乜啫？

我：有！家計會！如果包皮過長影響到日常生活，係絕對有需要割，你可以先去家計會預約檢查，俾姑娘同醫生評估咗你有冇需要做先。如果係要做，放低 2 千定 3 千排期做手術就得，做完即日走得。

媽：家計會都有得做？唔係得女人可以去？

我：當然唔係啦，你去預約咗先啦。

媽：其實有冇必要做？痛唔痛？

我：如果成日發炎就最好做啦，廿幾歲做就點都痛過小朋友嗰陣做⋯因為後生仔有可能充血，傷口難埋嘅⋯

媽：你幫我睇吓佢要唔要做吖。

Stop！你唔係真係想咁呀嘛？

呢個時候⋯一直擰開面嘅仔終於出聲：你痴線㗎？喺度除？

媽：咁多個人幫吓眼睇吓你有冇需要嘛！

仔：你都痴線！都唔知你做乜老母！細個就應該一早搞掂佢啦！

媽：塊包皮你㗎！我點話事？

仔：咁你有冇問我出唔出世呀？

靜晒⋯真係好尷尬，個媽媽對眼⋯好似想喊咁⋯

我：其實⋯割包皮好小事，好多男仔都三十歲後先去做，好普遍㗎咋⋯去家計會好多人都咁做，唔使太擔心嘅⋯

媽：咁你睇吓佢要唔要做？

妖！你真係傻的嗎？👍 4,074

case	symptom	雙非
#90	remark	

大家記得那年爆多的雙非孕婦嗎？我好記得…因為我幾乎日日要被欽點轟一兩個走，嗰年我好難捱…

有一日，有個肚都未見嘅中國女子同一個應該係中間人身分嘅人到診所…

中間人：你哋寫唔寫證明？

我：邊類型嘅證明呢？

中：交畀海關嗰啲。

我：海關？你走私龍蝦呀？

中：寫張證明佢（中國女子）唔適宜返大陸，要留喺香港安胎，延長張證呀。

我：應該係交畀入境吧？

中：咁你寫唔寫呀？寫就一句，唔寫我就走。

我：唔寫。

中：點解唔寫？

又話走嘅…仲問乜呀…

我：我哋醫生唔寫呢啲…你去搵專科啦。

中間人細細聲同我講：幫幫手，佢要喺香港生仔呀，個肚再大啲就唔方便嚟香港，你都有同情心，你好人嚟嘅，唔好要個大肚婆周圍走呀，幫幫手嘛…

我：我哋醫生真係唔寫㗎先生，麻煩你哋離開。

中：呀…你寫嘅你寫嘅！

講完呢句，佢掟咗幾張紅色人仔畀我，冇錯，係掟，真係揸埋一嚿嘅人仔…

我已經著咗火：先生，你咁係乜意思？

中：小意思小意思，你寫完仲有嘅！

我畀返啲錢佢，好大聲咁講：都話咗唔寫啲乜鬼嘢證明囉！醫生話咗唔得就唔得啦！畀幾嚿水我都冇用呀！你拎嗰幾嚿水去買字典啦！

中：係咪唔夠呀，可以添㗎！

我屌你，你真係去買字典啦好冇呀？ 👍 4,251

乖乖地~
俾幾嚿水過你~
你寫嘅~

梨子同
陳心呀!!

case	symptom	粒 粒 皆 辛 苦
#91	remark	

眾所周知，婚前檢查男方係有個精液檢查嘅，點驗？射篤入樽囉！冇記錯的話，好似係最好要三日內谷住唔好射，仲要兩個鐘定個半鐘內送到化驗所，所以呢啲係客人自己直接交到化驗所，確保新鮮呀嘛！

一對情侶做婚前檢查，咁轉介咗佢哋到化驗所⋯

幾日後，12點54分，位男客人氣都喘埋到診所：姑娘你幫吓我！

我：乜事呢先生？

佢：我趕唔切交樽嘢畀化驗所，我行得過去，佢哋放 Lunch 啦，樽嘢新鮮㗎！你幫我交畀佢哋吖，我趕住返工呀！

佢一路講一路喺紙袋度拎個保溫壺出嚟⋯再扭開個保溫壺蓋⋯拎樽精出嚟⋯

佢：姑娘，你有冇保溫壺呀？

我：冇⋯呀⋯

佢：呢個我阿媽用開，唔畀得你㗎，咁點好呀？

我：應該唔用壺保溫都得嘅⋯

佢：唔得呀，你哋呢度冷氣咁凍，可能會死晒㗎⋯我粒粒皆辛苦㗎，死晒就冇剩啦！

粒⋯粒⋯皆⋯辛⋯苦⋯⋯⋯？點解會咁形容自己嘅精子？

我：但係我哋冇保暖，得個雪櫃⋯

佢：咁你可唔可以暖住佢？

暖住佢？點暖？！！！！

我：⋯⋯點暖⋯⋯？

佢：用手揸住得唔得？體溫應該得？

屌，你唔係要我揸住樽精食 Lunch 嘛⋯俾人見我一路食飯一路拎住樽精，以為我趕住補身咪大鑊？

佢：我放低畀你，你記得畀化驗所呀！記住呀！

我：哦⋯

1 點 10 分，到我 Lunch 時食飯，望見啲飯粒⋯我又諗起粒粒皆辛苦⋯

大家一定好關心我係咪右手揸筷子，左手揸樽精呢？放心，我問咗 Lab 話室溫係可以的⋯所以冇拎埋去補身～

到咗 4 點，Lab 先嚟收精⋯換言之，樽嘢已經唔新鮮，要辛苦過了⋯正所謂萬事起頭難⋯唉⋯ ♡ 4,257

case #92	symptom	愛遮心切
	remark	

話說大半個月前有位少女睇醫生漏低把遮⋯當日佢發現心愛嘅遮漏咗喺診所後已經即刻打嚟：喂！我漏咗把遮喺你度，你拎返過嚟邊度邊度畀我吖！

我：我哋冇外送服務。

佢：我用醫療卡㗎！我喺邊度邊度間 XXX 返工！

我：自己返嚟拎啦，醫療卡都唔係 VIP，VIP 都唔會送，因為診所根本唔存在 VIP。

佢：咁你幫我 Hold 起把遮啦，我過兩日嚟拎囉！

事隔二十二日，佢今日又病了⋯要睇醫生嚕⋯隨行仲有佢位男性朋友一坐低好似斷咗腰骨，擘大對脾，無論點睇都係想邀請人打爆佢個袋咁款⋯

個女仔一開聲就講：我把遮呢？

隔咗咁耐，我爭啲唔記得佢個樣⋯同乜遮⋯

佢再講：我把 XXXXXX 遮呀！

我就指一指個遮架⋯佢望見把心愛嘅遮，終於可以重逢啦！我以為佢應該好開心⋯點知⋯

佢：屌！有冇搞撚錯呀！我叫你 Hold 撚住把遮㗎嘛！你就咁放喺度同啲爛遮擺埋一齊？

我望一望個遮架，答佢：原本我有幫你放入藥房㗎，
你話過兩日拎嘛…我等咗成個星期先放返出嚟嘅～仲有遮
架上啲遮冇一把係爛，佢地都好健全同用到㗎…只係冇人記得
拎返走…

佢仍然一輪嘴咁發表愛遮心切嘅偉論：咦！搞到 Cheap 晒！咦！
離晒譜！

此時佢個坐到邀請人打爆袋嘅朋友講咗一句，就終結咗個女仔：
咪同你一狗樣囉！

………咁坦白做乜？　👍 2,896

———— *comments* ————

Sarah SY Yim
咦！突然人哋唔想打爆佢個袋喎！

Andy Yung
即時任佢坐 順便問吓使唔使醫吓條腰骨 XD

Mary Choy
春袋哥好老實＋正直，要表揚！讚！！

Jason Lee
突然全院靜晒，醫生減速檢查……

case #93	symptom remark 醫療券

一個新症入到嚟診所，直接走嚟問我：我有醫療券，係咪可以用？

我：唔好意思，我哋唔收醫療券。

佢指住診所內一張告示話：咁呢度又話收？

實際嗰張告示係講「本診所可使用醫療卡如圖」，即係保險公司嗰啲醫療卡。

我：嗰啲係私人公司醫療卡。

佢：我嗰啲係政府醫療券都可以用？

我：唔可以㗎，醫療券同醫療卡唔同…

佢：券同卡有咩分別？

我：我哋診所淨係收醫療卡…

佢：醫療券用法都係一樣啫！

我：用唔到…

佢：姑娘，你唔想收咪講一句囉！

我：我一開始已經講咗我哋唔收醫療券…

佢：政府嘢邊有得唔收？我去消費者委員會投訴你…

消費者委員會？唔係嘛？投訴我冇私底下賣個靚橙畀你呀？

我：先生，我哋診所真係唔收⋯

佢：我一定投訴你哋！

唉，好啦好啦，投訴啦投訴啦⋯消委會睬你都有味呀！ ♡ 1,713

case	symptom	獨居婆婆
#94	remark	

我叫秀婆婆，係秀氣嘅秀。因老伴走了，幾年前開始喺公屋獨居…

自此我一個人去屋邨酒樓飲早茶，去公園晨運，呆坐，呆望花草，直到黃昏先去街市買少少菜返屋企…一個人的日子…時間過得好慢，每日唔係呆坐就係呆望。

呆了好一段日子，我識到一班新朋友，一齊呆坐，間中都有幾句想當年…但係我聽得唔多清楚，因為我有啲撞聾，而且冇刻意聽，見佢哋好似講完嘢我都係：哦～係呀？係呀…

有日其中一個老友 A 咳幾聲，我哋帶佢去屋邨間診所睇醫生，好彩唔係乜大病，都係飲吓馬尿啫！第二朝我哋又呆坐了，尋日咳嗰個老友 A 講：哎，尋晚我瞓瞓吓屋企電話響呀！你哋估吓係邊個？

我又：哦～係呀？係呀？

老友 B：邊個呀？

老友 A：醫生呀！

我：哦～係呀？係呀？

老友 A：佢打嚟問我好啲未，有冇準時食藥呀！

我：哦～係呀？係呀？

我喺度諗，我屋企電話唔知幾耐冇響過，我唔知幾耐冇人問候過…嗰日起，我都想病…

翌日朝早，我一個人到診所門口等診所開門，有個肥妹咬住個包開門，佢望住我講：未開門呀，醫生冇咁早返㗎，你晏啲先嚟啦！

我：哦～係呀？係呀？

我冇理到，照跟住肥妹入診所，搵個位就坐低咗～

肥妹：婆婆，你睇過未呀？

我：哦～係呀？未呀～

肥妹：你畀身分證我吖。

我：哦～

登記後，佢話醫生要半個鐘後先返，冇所謂啦！平時我坐都唔止坐半個鐘啦～

醫生返到，我好快就睇完，拎支咳水加包喉糖同止痛就走了…我行再去公園坐，立即返屋企等電話響！等咗好好好多個鐘，電話響啦！原來電話響係咁嘅聲…

我好開心咁拎起電話：喂？

醫生：係咪秀婆婆呀？我係乜乜乜醫生呀！

我：哦～係呀係呀？

醫生：食完藥有冇好啲呀？

我：好啲啦好啲啦。

其實我冇食過藥，我都冇病～不過聽到醫生關心我，我好開心…

一早起身，我又到酒樓飲早茶，又到公園同班老友一齊呆坐過日辰。我又見到診所嗰個肥妹經過，佢望住我一路揮手一路行埋嚟：婆婆，今日好精神喎！

我：哦～係呀係呀！

老友 A：肥妹你日日都呢個時間返到嘅？診所開咁早咩？

肥妹：我搭早咗好多班車…

老友 B：食早餐未呀？

肥妹拍自己個肚腩：未呀！我一陣去買麵包！你哋呢？食唔食包呀？

老友 A 同 B：食咗咯！

我追唔上佢哋嘅傾計速度啊…

我：哦？係呀？係呀？

我哋日日喺公園坐，朝朝都見肥妹因為搭早咗好多班車，喺公園咬住個包四圍頭岳岳行吓坐吓，大家一直都有打招呼，好似開始混熟了…就係咁，我哋嘅晨光老人堆中，多咗個成日掛住食同唔知日日笑乜嘅肥妹一齊呆坐，坦白講，我唔鍾意個死肥妹…

老友 A 似乎好鍾意肥妹，就算佢返咗工，佢都入診所搵肥妹，仲成日同我哋講要介紹孫仔畀佢識，我識老友 A咁耐，都未見過佢孫仔～話唔定佢根本係吹水…可能同我一樣無兒無女～

不過有日佢拎住個手腕血壓計嚟，話係佢個仔送畀佢喎！我哋鬼識用咩！唯有幾個一齊去診所搵醫生教我哋用，醫生真係好好人，逐個逐個同我哋量血壓…我又想買個血壓計…

我：醫生呀，呢啲邊度有得買呀？

醫生：去乜乜舖就有得買，或者我同你訂呀。

我：哦～係呀？咁你買個畀我啊！

醫生：好呀，到咗貨我打畀你呀！

我又返屋企等電話了…等咗三日，電話響啦！

我：喂？

佢：喂？婆婆？

死肥妹！！點解係你打嚟？醫生呢？！！

我：醫生呢？

佢：醫生嗌我通知你個血壓計到咗啦，你幾時嚟呀？

我：哦？係呀？幾時呀？

佢：呢幾日唔見你喺公園嘅？唔舒服呀？

我：哦？係呀係呀？

佢：要唔要睇醫生呀？我就快食飯啦，一陣我上嚟畀埋個血壓計你呀！

我：哦？醫生？好呀好呀。

過咗陣，個肥妹上咗嚟…我開門～

我：醫生呢？醫生呢？

佢：醫生？喺診所囉。

我：咁你上嚟做乜呀？

佢：血壓計嘛…頭先咪講咗囉………

我：我唔鍾意你呀，你扯呀！

肥妹又痴咗，又喺度笑：哈哈哈哈，婆婆，醫生嗌我教埋你點用咋嘛，你唔好鍾意我呀，我唔會同你一齊㗎哈哈哈哈你死心啦！

真係痴線，咁都抽我水…佢教我點用，我都冇聽冇理，反正我都唔用㗎啦～

佢：婆婆，你示範一次點用呀！

我好似帶手錶咁帶畀佢睇。

佢：唔係咁呀！你瞓醒未呀哈哈哈哈！

又笑，見到就把幾火啦！

我：死肥妹，你成日喺度笑乜呀？

佢：見到你咁可愛咁蠢豬覺得開心咪笑囉哈哈！你睇吓你，教咗咁多次都仲係唔識，係咪好蠢豬呢？

我：我唔學啫！我肯學大學都有得上呀！

佢：哦～係呀？係呀？

佢做乜講咗我句口頭禪？傾傾吓，原來我同佢都好似幾啱 Key…佢係為食啲長氣啲咋，明明個橙係搣畀我食，佢食晒咁滯…

自此後，我冇咁討厭肥妹，都唔抗拒同佢一齊呆坐，不過我都係鍾意見醫生多啲。

就到中秋，老友 B 整咗佢啲拿手小食茶果送畀我哋，肥妹都拎咗啲返診所話畀姑娘同醫生食～到第日朝早肥妹嚟呆坐話其他姑娘醫生讚啲茶果好好食好足料好呔女。

醫生？醫生原來都鍾意食嘢？我有乜拿手呢？薑湯湯圓！嗰晚我喺度搓湯圓，一朝早煲好一壺就拎到診所～

我：醫生呢？我煮咗湯圓呀，多謝佢上次醫好我呀。

姑娘 A：醫生未返呀！

我：哦～係呀？咁我喺度等佢呀！

姑娘 A：你放低得啦，我代你畀醫生吖～

我：我要親手畀佢，我等吓得啦～

姑娘都冇我辦法，由得我坐喺度等醫生返。一見到醫生，我就跟住佢尾一齊入醫生房…

我：醫生！我煮咗湯圓呀！

醫生：多謝呀！

我：你而家食呀！

醫生：而家？

我一路講一路倒出嚟：係呀，趁熱食呀，暖身呀。

我睇住醫生食晒為止，不停問佢好唔好味，佢都不停點頭，好嘢！醫生鍾意食！醫生鍾意食我整嘅嘢呀！我好開心咁返屋企諗下次應該整乜好，就係咁，我幾乎隔幾日就親手整嘢食拎到診所請醫生食，我嘅生活充實咗好多，成個人開心咗好多，好似多咗個仔同一班孫女咁！

不過人老了，有日我真係病咗，病到去咗見老伴嚕～我終於唔使再怕悶…

我係秀婆婆，獨居，八十七歲，醫生話我係一個好可愛好和藹嘅婆婆，我只係一個好想其他人關心吓自己嘅獨居老人…就算係一句「食咗飯未？」都好… 👍 11,540

comments

CK Tong
菇涼成日畀啲笑料我哋喪笑，今次整隻洋葱嚟，妳好嘢吓，唔該……紙巾！

Choi Ming Yuen
姑娘絕對係天使，只因體重關係飛唔起而已。

Silvia Kuan
耶！菇涼你搞喊人！菇涼我愈嚟愈鍾意你，會用呢個 Page 嘅影響力去宣揚愛護動物，關心老人，關心弱勢社群。好有 Heart！

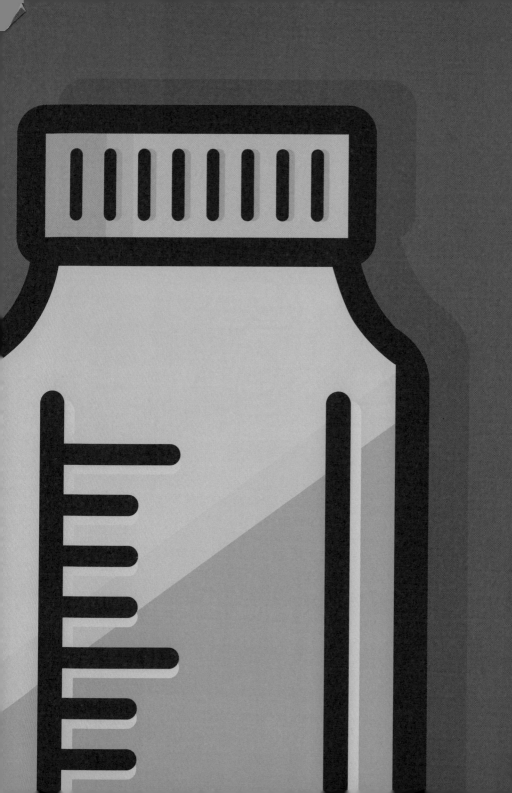

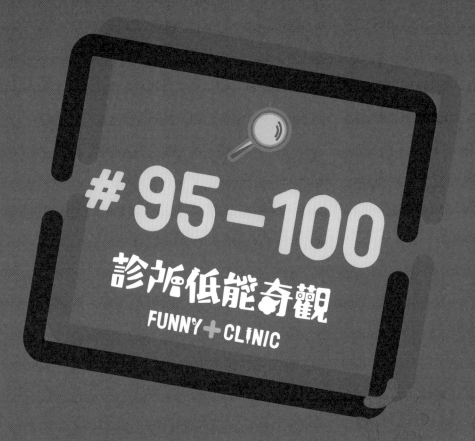

#95-100
診所低能奇觀
FUNNY + CLINIC

* 大家姐系列

#95 步入地獄

case   symptom
remark

*大家姐系列

有日我行街經過一間診所門口，見到貼住「誠聘診所助護，有意內洽」…

我推開嗰道重重嘅玻璃門，緩慢咁行入診所內，到咗登記處見唔到有人，就屈口謂 唔該～～請問有冇…

我都未講完，就有把洪亮嘅女人聲講：等陣啦！

我吞一吞口水，成碌葛咁企喺度等…等…等…等…等…等…等…等…等…心諗：呢個應該係個考驗嚟，可能睇我有冇耐性！

等…等…等…等…等…等…等…等…等…等…等…等…等…
等…等…等…等…等…等…等…等…等…等…等…等…等…
等…等…等…等…等…等…等…等…等…等…等…等…等…
等…等…等…等…等…等…

終於等到，眼前出現一位頭髮凌亂，身材豐滿嘅女士，你件制服好似就爆啦喂！

佢：登記呀？

我 我想問係咪請人？

佢：貼咗紙出嚟梗係請人啦！問嚟都多餘！

好尷尬，現場好靜…我仲好似聽到自己嘅心跳聲…

我：我想見工……

佢：我夠知啦！

媽，我想走人呀…好叉惡呀佢，但係我腳軟走唔郁…點算好呀？

佢：幾歲呀？做過未呀？識唔識字呀？

我：二十四，做過六年診所，我識字…

佢：平時打唔打機呀？

我：吓？打機？

佢：係呀，Online game嗰啲呀！

我：唔打機…

佢：機都唔識打？

我：冇興趣打機咋…

佢：咁有乜興趣呀？食屙瞓呀？

我：……

佢：幾時返得工呀？

我本能反應下講：即刻都得！

佢：咁入嚟啦！

吓？就係咁，我踏入咗地獄之門…上路了……佢就是我們的大…家…姐！

case	symptom	
#96	remark	時空結界

*大家姐系列

一個新症到診所。

佢：我尋日打過嚟㗎。

我：麻煩你畀身分證我登記。

佢遞上身分證：尋日係咪你聽我電話？

我：哦？尋日我放假。

佢：我尋日問過姑娘點嚟你呢度㗎，我唔係住呢頭，尋日搵咗好耐都搵唔到，問人又話冇聽過，問看更話唔知你係乜水？

我：嗯，係呀？

佢：咁你可唔可以當我係尋日嚟睇呀？

我：吓？冇得當㗎噃⋯

佢：我而家話你知我係尋日嚟睇呢？

我望望四周，睇吓係咪俾人整鬼，睇吓有冇鏡頭先，應該冇啩：今日係今日，尋日係尋日⋯

佢：我尋日搵唔到你哋喺度呀，搵足一日，今日先搵到呀！我由尋日開始搵㗎啦！

我：總之而家睇就而家睇⋯

佢：唉，我真係搵唔到先⋯⋯⋯

佢都未講完句嘢，我感覺到我背後有股好強嘅殺氣…

一把雄厚女聲大嗌：講完未呀？全香港得一個醫生呀？唔識去搵第二個呀？周街都係醫生！講講講！講到聽日又話要返前日！講到下年又要話返今日！玩夠未呀？係睇就正正經經睇！

Yes……佢係我哋嘅阿姐…平時佢匿喺藥房多，好少會出嚟對客，因為…大家明啦？你懂的！

新症嘅心靈好似受到創傷了，好細聲咁問：佢…係姑娘嚟㗎？

我：係呀…

佢：好惡啫……

唔惡，你又點脫離到尋日嘅時空呀？你可以喺結界度爬返出嚟都應該要多謝大家姐㗎呀！👍 5,839

———— comments ————

> **Phoebe Wong**
> 多幾個呢啲姑娘，呢個版都應該摺得…

> **Patrick Pau**
> 其實而家要有多幾個大家姐咁嘅人，保護吓我哋做服務性行業嘅朋友……

case
#97

symptom
remark 假牙阿伯

*大家姐系列

有日一個伯伯嚟到診所等睇醫生，行咗去飲水機拎咗個杯，斟咗杯水，之後行返去櫈度坐…

坐低後伯伯望到隔籬有個小朋友坐咗喺度望住佢，伯伯笑一笑…然後伸手去自己口度…拆咗副假牙出嚟，諗住擺入紙杯度洗牙，但係個杯唔夠大塞唔落…

小朋友一直望住，已經嚇到唔識畀反應，伯伯望到小朋友擘大個口得個窿…居然將手上棚假牙放近小朋友口度！

小朋友阿媽一見到嚇到乜都縮，嗶嗶聲拉開個仔兼連珠炮發咁怒斥伯伯：有冇搞錯呀？你知唔知咁好唔衛生㗎？污糟㗎！你想點呀？

伯伯塞返副牙入自己口講：唔衛生呀？你好高貴你好衛生呀喎，細路，我啦你講，你呢就係食屎仔嚟㗎喎，你好衛生呀喎！

阿媽：你講乜呀，你唔好喺度教壞小朋友呀！

阿伯，換著我係你呢，我就唔出聲喇，你快啲吞返你啲屎落肚啦…因為大家姐 Looking at you 呀，You big lemon cola 啦！

伯伯：你呀，食屎大㗎喎，食…

大家姐大嗌：邊個講食屎呀！食飯食唔飽呀！咁鍾意開口埋口講食屎！呢度診所嚟呀！要食去公廁食！嘈住醫生診症！講完未？

伯伯冇再出聲，吞返晒啲屎落肚，扮晒嘢行去書架拎本親子雜誌睇… 3,550

comments

Joey Tang
請問……杯洗牙水……

珍寶豬
呢位同學好心水清，阿伯自己飲咗，飲勝！

Matthew Law
親子雜誌是用來抹手的…

Ho Li Yoby
各位，千祈唔好喺街睇寶豬啲嘢，人哋會望住點解有個人無啦啦喺街大聲傻笑！

Joe Li
你背脊係咪經常好冰涼，因大家姐喺後面睇住你。

case #98
symptom 練字簿
remark
＊大家姐系列

有日我同大家姐喺藥房一齊執藥，大家姐收到醫生寫嘅藥單…

望一望，深深地唉咗一聲…之後大家姐直衝入醫生房，好大聲講：醫生，你玩嘢呀？寫啲字畀邊個睇呀？外星人呀？你尋晚係咪畀UFO捉咗呀？你睇吓呢個乜字呀？你自己講唔講得出自己寫乜呀？你去火星開診所啦！唔好醫地球人啦！醫你啲同類啦！

醫生冇出聲，傻更更咁笑咗兩聲，又重新寫過張藥單畀大家姐～

大家姐入返藥房後，我問：大家姐，你唔怕醫生嬲咩？
大家姐又好大聲：嬲乜呀！佢寫乜我都睇唔到呀！點執呀？是但執劑畀佢呀？佢寫好啲咪冇事囉！

大家姐更大聲嗌過去醫生房：醫生你講你有冇嬲啦？
醫生弱弱的：冇…我寫好啲我寫好啲…

到醫生 Check 藥後，醫生連埋病假紙同收據畀我哋出藥…大家姐又望到收據上嘅病人名同金額都寫得勁衰，點衰法？全部英文字都係一條彎彎曲曲心律不正咁款嘅線…

大家姐今次唔「唉」啦，狠狠地「妖」咗一聲，又直接衝入醫生房：你再係咁，我就去買練字簿畀你！

嗰日 Lunch 後…大家姐真係唔知去邊度買咗本練字簿返嚟，就咁放咗喺醫生枱面～醫生又真係得閒就寫吓…但係我都係覺得冇改善過……大家姐！你要買多幾打呀！！ 💬 2,855

case #99

symptom

remark 除罩阿叔

＊大家姐系列

有日我同大家姐匿咗喺藥房，我就食緊包 High 緊 Tea，大家姐就喺度釣釣吓哋魚～淨返個妹妹仔喺出面登記…

有個阿叔新症嚟登記：喂，阿妹，未睇過！登記呀！

妹妹仔：好呀，先生，身分證呀。

阿叔：乜話？我聽唔到你講嘢呀！

妹妹仔大聲少少講：身分證呀先生。

我喺入面食包都聽到，除非阿叔撞聾…

阿叔：陰滋滋講嘢咁聽唔到呀！除咗個罩（口罩）去啦！

大家姐一聽到「個罩」就醒了，皺起條眉…

妹妹仔好聽話除咗口罩：先生，我話要身分證登記呀。

阿叔：咦？你好後生咋喎！喺度做㗎？

妹妹仔面對住咁嘅情況，應該感到有啲徬徨：先生，你畀身份證我登記先呀…

阿叔：你畀你 Number 我呀，見到你我就舒服啦！

我急急吞埋口入面啖包，正想出去護花之際…

大家姐又出動了！

（Music 唔該：蛇馬嚕～～～～殺㗎！唏！）

殺氣！殺氣！殺氣！殺氣呀！走啦仲望？

大家姐又大嗌：你要 Number 呀？畀張診所卡片你呀！搵我呀，我聽電話㗎！

阿叔呆了，應該真係嚇到呆蛋咗，完全冇任何反應…大家姐塞咗張診所卡片畀阿叔：唔係要 Number 咩？仲睇唔睇醫生呀？邊！度！唔！舒！服！呀？

嗰股壓場嘅氣勢，真係迫到鐵通都彎…走啦，我唔想搞大件事呀…

個阿叔冇畀任何反應，可能未回魂，淨係夾住條 J 急急腳走咗…今次大家姐…可能掟咗一個人入結界…從此阿叔會唔會就咁啞咗，會唔會搵唔返自己魂魄，會唔會呆蛋呆一世……我哋都唔知，呢個係一個謎… 🩶 2,711

case	symptom	入埋醫生數
#100	remark	★大家姐系列

有日我同大家姐拍住上，有位病人因個別情況，醫生需要寫藥單畀佢自行到藥房購買。隔咗一個鐘後，呢位病人打電話到診所⋯

佢：喂？診所呀？

我：係，有乜幫到你？

佢：頭先醫生咪寫紙畀我去藥房買嘢嘅⋯

我：係呀⋯

佢：醫生可唔可以寫返張收據畀我 Claim 保險呀？

我：頭先診金嗰度醫生寫咗收據畀你㗎啦。

佢：唔係診金呀，係我買藥嗰度呀。

我：你喺藥房買嘅，收據係藥房出㗎，錢係藥房收㗎嘛⋯

佢：哎呀！我自己過嚟同醫生講呀！你都成嚿飯嘅！

冇耐後，佢真係返嚟診所，仲拎住一袋二袋～

佢：同我叫醫生出嚟呀，我有嘢同佢斟斟呀！

我：小姐，麻煩你等等，醫生睇緊症，你一陣可以入去見醫生。

佢好唔耐煩：我頭先喺電話都講咗我過嚟搵佢啦，我要張收據咋，你做乜要搞到咁複雜呀！

我　：小姐，頭先你喺藥房有冇拎收據？

佢　：冇呀！我等醫生寫畀我呀。

我　：你買咗幾錢？

佢　：四百幾咋嘛。

我　：吓？四百幾？你啲藥應該唔使咁貴呀，你係咪畀人呃咗呀？
你畀啲藥我睇吓呀～

佢指一指嗰一袋二袋嘢：係四百幾呀，我順便買埋其他嘢嘛。

我　：即係你買其他嘢要醫生寫收據畀你？

佢　：順便嘛！

大家姐又來了！！！！

大家姐：順便？你有冇預埋我嗰份呀？

佢　：冇呀…

大家姐：冇你仲同我講？著數你拎晒，我一啲著數都冇呀？畀我
睇吓你買咗啲乜！滴露漂白水都有？唔重咩？

佢　：順便嘛…

大家姐：你唔順便買埋畀我？你唔順便去隔籬地產舖買層樓返嚟？
順！便！呀！嘛！你呢幾袋嘢我順便同你用咗佢啦！

佢　：你又唔係醫生，我都廢事同你講呀！

大家姐：唔係醫生又點呀？你諗住醫生會順便同你寫呀？你有冇順便醒幾球嘢畀醫生呀？

佢望住我問：姑娘，呢個（大家姐）姑娘 係咪痴線㗎？

畫公仔畫出腸有乜意思呢？擺到明啦，仲要問？

大家姐：我係痴線㗎！我冇你痴得咁均勻咋嘛！自己去 Shopping 入醫生數，你當你係醫生老婆呀？幾十歲人唔好咁多幻想啦！

佢：你都痴線⋯你痴線㗎！你痴線㗎！

佢一路拎住嗰幾袋嘢一路鬧一路走了！

大家姐真係痴線㗎，你而家先知呀？我知咗好耐啦⋯ ♡ 2,819

20/200

F C

20/100

O M G

20/70

S H * T

20/50

F U N N Y

20/40

C L I N I C S

20/30

J U M B O P I G

20/20

H A H A H A H A H A

20/15

護眼小知識

眼睛與書本保持
最少40厘米距離

 **40cm**

閱讀每30至40分鐘，
應休息3至5分鐘！

診所低能奇觀

FUNNY + CLINIC

珍寶豬

EDITORIAL

總編輯 ✏ Jim Yu

編輯 ✏ Venus Law

ART

設計 ✏ Katiechikay

插畫 ✏ 膠熊

製作 ✏ 點子出版

INFO

出版 🔍 點子出版

地址 🔍 荃灣海盛路 11 號 One Midtown 13 樓 20 室

查詢 🔍 info@idea-publication.com

發行 ⁄⁄ 泛華發行代理有限公司

地址 ⁄⁄ 將軍澳工業邨駿昌街 7 號 2 樓

查詢 ⁄⁄ gccd@singtaonewscorp.com

出版日期 ✏ 2020 年 7 月 15 日 第六版

國際書碼 ✏ 978-988-13611-4-1

定價 ✏ $88

———————————— ∿ —— Made in Hong Kong ————————————

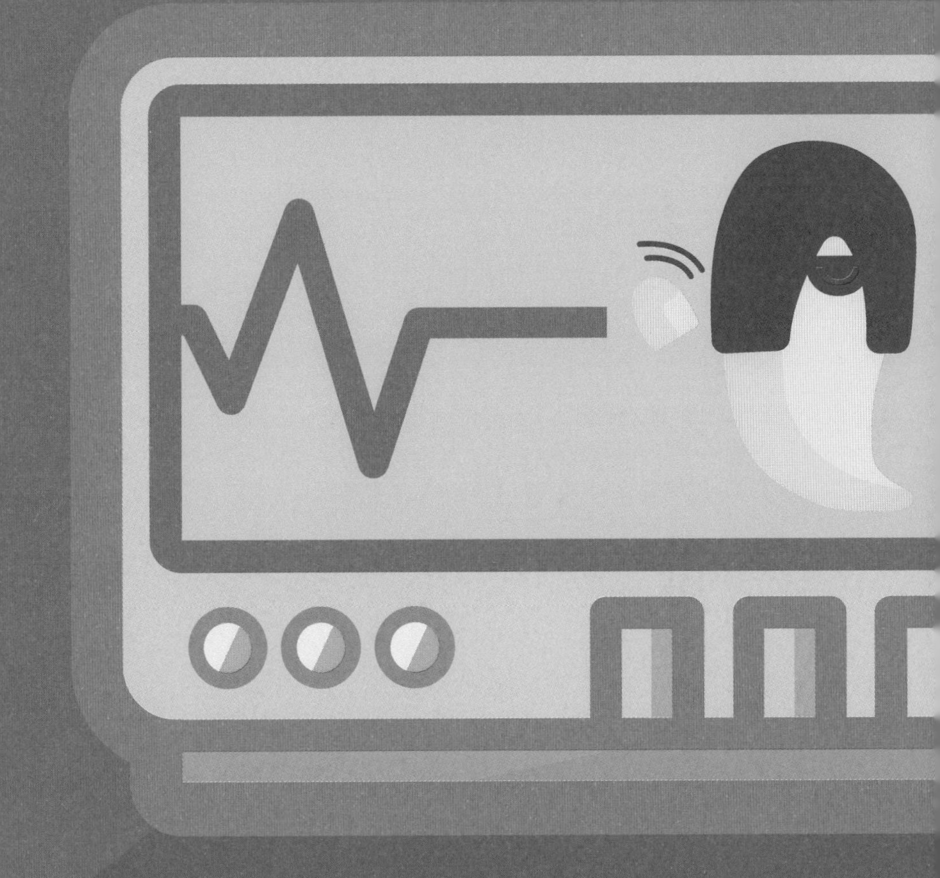

診所
低能奇觀